JN092501

趣味を極めて自由に生きろ!

ただし、神々は愛し子に異世界改革をお望みです

紫南 Shinan

Illustration 星らすく

クラルス
公爵家の第二夫人で、
フィルズの母。天真爛漫
なところがある。
フィルズ
公爵家第二夫人の子で、
モノ作りが大好きな少年。
優しいながらもやや毒舌。
リゼンフィア
フィルズの父にして公爵。
家庭の不和から目を背け
ていたが……
主な登場人物
Main
Characters

ホワイト
ゴルド
ブルーナ
魔導人形のクマ
フィルズが作った、動くぬいぐるみ達。屋敷を管理する。
セルジュ
公爵家の跡取りでフィルズの異母兄。
カナル
公爵家の執事。
ビズ
フィルズの相棒のバイコーン。

ミッション①　子ども達の保護

ここは、大陸でも端に位置するカルヴィア国。その国でも、更に端の方に位置するエントラール公爵領とケルミート男爵領、そして隣国と接するウォールガン辺境伯領の、三つの領に接する森の中。その中心辺りにある洞窟の前だ。それほど危険な生き物はいないが、唐突に飛び出してくる小型の魔獣や魔物はいる。

それでも問題なくいられるのは、この場に、二本の角を持つ馬、バイコーンがいるからだろう。

「ビズ。悪いが、帰りは少しゆっくり頼むな」

《ブルル》

少年が呼びかけると、いつもより少し小さめの返事があった。ビズと呼ばれた彼女――その馬は、バイコーンの中でも亜種である、神から祝福を受けた『守護獣』だ。土地を守護する獣という意味で守護獣と呼ばれる。国内で見つかれば王侯貴族が欲しがるものだ。彼らは人の言葉を理解するほど賢い存在。そんな彼女と少年が出会ったのもこの森だった。

立派な馬具を身に着けるビズの、その首元を撫でるのは、相棒の少年。冒険者であるフィルだ。

本来の名はフィルズ・エントラール。公爵家の次男だ。第二夫人である実母が踊り子と吟遊詩人をしていた流民のため、第一夫人に嫌がらせを受け、離れの屋敷に半ば閉じ込められて育った。

しかし、幼い頃から、地球の日本で生きた前世の夢を見ていた影響もあり、卑屈になることはない。時折、特徴的な髪色と瞳の色を魔導具で変え、屋敷を抜け出して冒険者フィルとして活動するようになった。

そんな気ままな活動の中でビズとも出会い、まだ子どもの三匹のフェンリルの亜種である守護獣を見つけた。彼ら三匹の守護獣には森に捨てられた赤子を拾ってくる癖があり、フィルズはその様子を確認するために今回、この森に出かけていたのだ。尚、彼が今いる洞窟は、フィルズが彼ら三匹の住処とした場所だった。

案の定、フェンリル達が赤子を拾っており、フィルズはその赤子を人里まで連れて行くことにした。

そんなわけで現在彼の傍らには、取っ手の付いた大きめの箱があり、中には三人の、生まれて半年も経っていない赤子が眠っていた。それを見下ろして小さな声でビズに告げる。

「悪いな。こんなに人が増えるとは……」

《ブルル……》

赤子のことを思ってだろう。尚も小さい返事をするビズを、フィルズが微笑みながら撫でていれば、これに応える者があった。

「すみません、フィルさん……」

「別に、お前が謝ることじゃねえよ。拾い癖は困りもんだが、結果的にお前も助かったんだからな」

少々乱暴な言葉だが、フィルズはそう返しながら振り返る。若干ぽっちゃり体型の少年が、赤子が三人入ったもう一つの箱を慎重に持って歩み寄ってきていた。

今回、フェンリル達によって赤子達と一緒に拾われていたのが、毒を受けて死にかけていたこの少年、男爵家の長男であるマグナだった。赤子の数は全員合わせて六人だ。

「はいっ。そこは、本当に感謝していますっ」

「ならいい」

フィルズはクスリと笑った。

「っ、はっ、はいっ」

母親似であるフィルズは黙っていれば美人の少女に見える。その微笑みに何人の男達が惚(ほ)れ、女性達が思わず頬(ほお)を染めたか分からない。だが、本人はそれほど影響があるとは自覚していなかった。

「ん？　顔が赤いが、大丈夫か？」

「っ、大丈夫です！」

「ならいいが……」

フィルズは、赤子の眠っている箱をそっと持ち上げる。この箱は、フィルズの手作りだ。それも森で木を切り出して、この場で作り上げたもの。工作など、作ることが大好きなフィルズの腰にあるマジックバッグには、工具などが入っており、いつでもどこでも思い立った時に、好きな作業をすることが可能だった。因みに、このバッグもフィルズの手作りだ。

マジックバッグを作るまでには、紆余曲折あった。フィルズは、長い間祝福の儀を受けていなかった。貴族の子どもなら七歳の時に教会で受けるべき儀式だが、第一夫人による妨害もあって、その機会を逃したまま十二歳まで成長したのだ。

そして公爵領の領都にある教会をまとめる神殿長により、この儀式を半ば無理やり受けさせられたのが、数週間前のこと。

その時に、意図せず神々との面会が叶った。そこで、フィルズは自分が『神の愛し子』であると教えられ、この世界の改革をお願いされたのだ。

どうやら、フィルズの前世での趣味が愛し子に選ばれる決め手だったらしい。それがパズルやプラモデルなど、細かい何かを作り上げる趣味。これによる忍耐強さや凝り性なところを神がお気に召したようだ。

今後も、地球で得た知識を使って便利な物を作り、地球の知識と発明品をこの世界に広げていってくれとのことだった。そして、面会のお土産としてもらったのが、このマジックバッグの作り方だったというわけだ。神々の期待通り、フィルズは問題なくこのバッグもすぐに作り上げ、その後、一緒にもらった研究書を使って、懐中時計も完成させた。

この研究書を書いたのは、かつて賢者と呼ばれた転生者達だ。彼らはフィルズと同じようにこの世界を発展させる使命を負っていた。しかし彼らがもたらした恩恵の多くは戦乱で失われ、この時代に残っていない。古代の遺跡に、戦火を逃れた設計図や日記が人知れず隠されているのみだ。

今や神々しか知らないその隠し場所を教えてもらい、古代の魔導具を現代に蘇らせるのも、神々に課されたフィルズの役目である。懐中時計もそうした魔導具の一つだった。

そうして、着々と作り上げ、趣味を増やしていくフィルズは、一方で冒険者としての実力も上げていた。それは、守護獣達を権力者達から守るためでもある。

「早いとこ、エン達も町に連れて行ってやりたいんだがな……」

《ヒヒィイン……》

本来なら、幼くともフェンリルであるエン達は、人の手など借りずとも育っていくだろう。だが、見つけて一度世話を焼いたからには、責任を持つべきだと、フィルズは思っている。

何より、賢いからこそ、寂しさも感じるものだ。三匹が自分達で独り立ちすると決めるまでは、目一杯可愛がってあげたい。そうすることで、エン達は嬉しいことや好意を持つことを知り、その土地を愛して生きていく術を学んでいってくれるだろう。

同じ守護獣であるビズも、寂しいと思って生きていた頃がある。だからこそ、彼らにはフィルズと一緒にいて欲しいと願っているようだ。しかし、まだ幼い三匹を町に連れて行くには、場所も環境も準備が足りていない。今回はまだ見送るしかなかった。

フィルズは、フェンリルの亜種であるエン、ギン、ハナの三匹の今後についての迷いを振り払うように、洞窟に背を向けながら、近付いて来たマグナを見る。

マグナが男爵領の方を必死で見ないようにしていると、フィルズには感じられた。自分では何もできないと分かっている人の目だ。

マグナは自分の父母が行っている不正や横暴を外部に告発するため、着の身着のままで家を飛び出した。男爵家の中から間違いを正せなかった自分を不甲斐なく思っているのだろう。

フィルズにはそれが分かるから、マグナの旅装とも呼べない姿や、少々早足で駆け寄ってくるその様子を見て、敢えてこの場では関係のないことを口にする。

「お前、アレだな。その剣、合ってないわ。消極的な態度の割に猫背になってないし、体幹も悪くない。重戦士向きだな。剣、軽くて振りにくいんだろ」

マグナは体力の配分もできる。そして自分の限界を知っていた。それは、剣の授業の時に、一般的な基礎訓練や剣を振ることだけしかやらされなかったにもかかわらず、真剣に取り組んでいたからだろう。

体格的なこともあり、肺活量もある。マグナは自分でも知らないうちに、一般的な貴族子息よりも体力をつけていた。これによって今回、毒を受けても生き延びることができたのだ。しかし、本人にその自覚はないようだ。

「っ……え……あ、剣は……才能がないって言われてて、これ以外持ったことないんだけど……その……ほとんど基礎訓練ばかりで……」

フィルズはそれを聞いて分かった。マグナは何もできないわけではないはずだ。そう思わされてきただけだろう。だから、本当はできることが沢山あるのだと、それを知るべきだと思った。

「はっ、偉そうに。その指南役、才能のあるなしを語れるだけの実力者だったのか怪しいな。大体、才能なんてのは、なくて当たり前なんだよ。要は、苦しくても続けられるかどうかだ。何より、たいていのことは努力すればできる。そいつ、どこ基準の才能の話してんだよっ」

フィルズは鼻で笑い飛ばした。それがどうやら、マグナには衝撃だったようだ。

目を丸くする彼を横目に、フィルズは話を続ける。

「まあ、体が思ったように動かないってのはある。その理想と現実が離れていれば、上手くいかないのは分かるだろ。けど、体ってのは案外、考えなくても動く時がある。経験ってのは、個人差はあるが、体には蓄積されるものなんだよ。だから、できないと思ってることでも、やってみると意外とできるもんだ」

「……」

フィルズにも覚えのある感覚なのだ。それは恐らく前世のもの。できないと、向いていないと諦めていたことの記憶。

けれど、フィルズとして生きてきて感じたのだ。一度やって、苦手だと避けていたことも、意外とできるものだと。それこそ、魔獣と戦うなんてこと、前世では考えられないことの一つだ。それでもできた。一度やって苦手だと決めつけることの愚かさを思い知った。だが、挑戦を恐れる機会は、大人になるほど多くなる。

やってみて失敗するのは恥ずかしい。やれる人がいるのに自分はできないとなれば尚更だ。だが、何より恥ずかしいのは、挑戦しないことだろう。やりもしないうちから他人の評価を気にしてどうするのか。自分のことも分かっていないのに、他人に自分を知って欲しいと思うこと。それこそ人の持つ傲慢さだ。分かってくれないと嘆くのは、自分のことを理解できた後にするものだ。

だから貴族は余計に、傲慢になる。何も挑戦せずに、プライドだけ育てた彼らは、挑戦することをしない。磨くのは外側の皮だけ。ハリボテしか見せず、夫や妻に、同僚に、上司や部下に、何を分かれというのか。

素直そうなマグナには、そうなって欲しくないし、きっと色々と挑戦できるだろう。

少しグズる様子を見せた赤子のため、フィルズは優しく箱を揺らしながら続ける。

「あれだろ？　一回そう言われて、諦めただろう。ああ、そうかって、納得しちまったんだろ。才能うんぬん言う奴は、最初っからできちまった奴だ。だから、できないところからスタートする奴のことが分からないんだよ」

「あ……」

最初からイメージ通りに動けてしまったから、考えずともたまたまできてしまったから、本人は実はどうしたらそうなるのかよく分かっていないのだ。やったらできたため、感覚だけで説明ができない人は多い。

「だからできない奴を、才能がないって言って遠ざける。教えられねえからな。そんだけ、言うほどそいつ自身も才能ってものがない証拠だぜ」

「っ……凄い考え方だね……けど……なんか、納得できる……かも……」

マグナはうんうんと頷いた。

「別に剣が嫌いならやらんでもいいけど、やってみたいなら、ちゃんとした奴、紹介してやるよ。剣の訓練方法も知っておくといいぜ？　余計なことうじうじ考えちまう時とか、何か集中してできる趣味とか作っとくと楽になるし、無駄がない」

やることがないと色々考え込んでしまって、落ち着かない気持ちにもなるものだ。一つでも暇を潰せる趣味は持つべきだろう。そこで達成感も得られるなら尚良しだ。一気にストレスも吹き飛ぶ。

「これ、俺の持論。まあ、俺の場合は熱中し過ぎてちょっとの気分転換じゃなくなるけどな。気付くと三時間とか四時間とか、平気で続けちまうから」

「それ……寝食忘れたりとか……」

「あ～、夜はなあ、前は気付いたら朝とかあった。食事は運ばれて来てたから、昼間はやめられるんだけど」

寧ろ、夜は長く時間が取れると考えて楽しんでいたものだ。だが、そんな生活もそれほど続けられることではなかった。

「でもな～、夜ちゃんと寝ないと、朝食に毒入ってる時にキツいんだよな。昼間動けんくなる。アレはマジで苛つくし、ヤバかった」

「……え？」

《ブルルっ》

毒と聞いてマグナが目を丸くする。しかしそれは、目の前にビズが割って入ったからだとフィルズは勘違いした。

「あ、コイツはビズ。俺の相棒。めちゃくちゃ美人だろ？　その上強えんだぜ？　この辺一帯の女王様だ」

「じょっ、あ、え、えっと、き、綺麗です！」

《ブルル》

「ははっ、当然だってよ」

《ブルルっ》

「ああ、俺が梳いたから？　何だよ恥ずかしいのか？」

《ブルルっ》

「ははっ」

むしゃむしゃとフィルズの髪を甘噛みして抗議するビズ。マグナはそれを見て少し安心したようだ。

「そんじゃあ、行くか」

「っ、はい！」

赤子に気を付けながら、マグナと二人でビズに乗り、夕日に染まる森の中、公爵領都へと向かう。

ふと後ろを振り向けば、男爵領の上空だけが黒い雲に覆われているのが見えた。

あの下にいるのは、愚かな貴族に振り回された人々。現在、命の女神であるリューラが、赤子を捨てなければならないほど民を困窮させた領主に怒っているのだ。理不尽に人々を巻き込むのは避けるだろうが、目に見える不気味な黒雲は、見る者を不安にさせるはずだ。

先に教会が警告をするとはいえ、今頃は、大混乱しているだろうなと他人事のように、ゆっくりとフィルズは視線を前に向けたのだった。

◆◆◆

時間は少し遡る。フィルズが森に出かけた後の冒険者ギルドでのことだ。そこでは、フィルズの母クラルスと、ギルド長のルイリが執務室で改めて再会を喜んでいた。

「十～五年振りくらい？」

「ああ……あれは、お前が十七、八の時だったか……」

現在、クラルスは三十三歳。フィルズを産んだのは二十の時だ。この世界では遅い方だった。けれど、クラルスは見た目があまり変わっていない。フィルズと並べばそっくりだ。

彼女は、今日が結婚してから初めての、お忍びでのお出かけだった。

好かれ、好いて結婚したが、肝心の夫は、第一夫人を嫌って家にあまり帰って来ない。女の戦いには口を挟まないのが貴族の男というもの。夫は夫人同士の仲を取り持つでもなく、クラルスは仕事を理由に放置され、病んでいった。ついこの間まで離れの屋敷の部屋に閉じこもって、町に出ることなどあり得なかった。

だが、フィルズによって目を覚まされ、部屋から連れ出され、フィルズの作るパンの虜になって、ようやくこうして外に出ることができたのだ。そうして連れて来られたのが、冒険者ギルド。そこの長が、若い頃に世話になった冒険者ルイリだと知り、会いに来たというわけだった。

「うん。本当に運が良かったわ。特級冒険者が二年も専属護衛してくれたんだもの」

「……狙ってただろ」

「バレてた？」

普通に特級冒険者を専属護衛として雇うならば、当時一介の流民であったクラルスには支払えない報酬額となる。それも二年。一日でも金貨が何枚も飛ぶのだ。年単位ではそれこそ家がいくつか建つ。

今でこそ、付与魔法を刺繍や織物に施す、加護織の絨毯で大きく稼いでいるクラルスだが、この当時はまさかそこまで高値で売れるとは認識していなかった。仮に知っていたとしても、流民が売るとあっては足下を見られただろう。とにかく、ルイリを雇えるような収入はなかったのだ。

その頃のクラルスは、旅先で出会った王女に舞を気に入られ、話し相手として王宮に招かれていた。彼女が王族や貴族に招待されることはよくあり、密かに友人となる者もあった。クラルスの舞や歌は、それだけ人を惹きつけるものがある。

そしてたまたま参加した夜会で、王族に危機が迫る騒動が起き、王女や近くにいた王達を上手く避難誘導した、という出来事があった。その働きへの褒美として、二年契約で特級冒険者ルイリに護衛をしてもらえることになったというわけだ。

元々、次に通ろうと思っていた国がごたついていたため、良い護衛を王女に紹介してもらおうかなとクラルスが思っていた矢先のことだった。

王女や王達はクラルスが優しさから助けてくれたのだと思っていたようだが、実際には手っ取り早く良い働きを見せる機会があればいいなと、密かにその機会を窺っていたのである。

当時のことを思い出したのか、ルイリはため息を吐いた。

「二年も一緒にいればな。猫の被り具合も分かるようになる……」

「酷いっ。猫なんて被ってないわ。色んな役の皮は被ってたけどね～」

「……お前はまったく……」

クラルスは今のフィルズの年齢の時には親元を離れ、踊り子と吟遊詩人の二つの顔を持って旅をしていた。幼い頃から当たり前のように旅の生活を送っていた彼女には、それが普通だった。

「初めて出会った時のルイリお兄さんのこと、今でも覚えてるわ。めちゃくちゃ美人な侍女さんだったもんねっ」

「忘れろ……」

「え～、アレは衝撃だったんだよ？　父さん並みに美人に化ける人がいるなんてびっくりしたもん」

「……」

ルイリにとっては、未だ恥ずかしい過去なのだろう。

その時、ルイリは公爵令嬢の護衛任務で、侍女に化けていたのだ。これを最後に引退すると宣言して。そのためか、物凄く気合が入っていた。色気も出していたほどだ。

だが、王族の願いで最後の仕事がクラルスの護衛になった。報酬も良かったし、生まれ故郷であるこの国には帰る予定だったから、ついでにもなった。これにより、ルイリは了承したのだ。

「まあ、父さんに女装の仕方を教わったって聞いて、納得したけどね～。さすが私の父さん！　変装の名人！　『幻想の吟遊詩人』の呼び名は伊達じゃないわねっ」

「……リーリルは本当……素の顔が最後まで分からなかったんだが……男だよな……」

「父さんだよ？　でもまあそうか～。滞在する町によって、人格や設定も変える人だったし、それを楽しんじゃうしね。裏側は私や母さんにもほとんど見せなかったわ。父さんが本当に町に紛れちゃうと、母さんにしか分からなかったもん」

それがリーリルには嬉しかったのだろう。何者になっても、絶対に妻は見抜いてくれるから。

リーリルは妻にベタ惚れだった。

だから、食事処タンラの女将さんが旦那の話を嬉しそうにした時、クラルスは父母を思い出した。あんな夫婦にずっと憧れていた。漂うスープの懐かしい匂いに釣られて、そうして憧れていた時のことを思い出したのだ。

「……お前と別れた後に、一度だけ会った」

「父さんに!?　いいことあった!?」

「……まあ……それなりに……」

「ふふふっ」

『幻想の吟遊詩人』リーリルについて、おかしなジンクスがあった。それは、『幻想の吟遊詩人』リーリルだと気付けた場合や、そう知ることができた場合、とても良いことがあるというものだ。得られる幸運は些細なことだが、それでも信じられていた。

ある人はずっと音信不通だった友人に、その場を後にしてすぐに再会できた。ある人はその場で結婚を決められ、またある人は粘り続けていた商談がまとまった。他にも探し物が見つかったとか、失敗続きだった仕事が次の日には上手くいったとか様々だ。

リーリルは、町を後にする時、数人に正体を明かす。そして、幸運をそこに置いて旅立つのだ。だが、後にお礼をしようと探しても、決して見つからない。それが『幻想』と呼ばれる所以だった。

「私ね……父さんと母さんが羨ましかったの……どんな姿でも、どこにいても、二人にはお互いが分かった。唯一の人だったんだと思う。それがとっても羨ましかったの」

「……だから、公爵と結婚したのか……」

「うん……父さんにとっての母さんがそうだったように、私の仮面に気付いて、本当の私を思い出させてくれる人……彼がそうだって思ってた……」

リーリルは言っていた。

『私はね……時々、本当の自分が分からなくなるんだ。周りの感情に取り込まれて、仮面をしたままだって気付かなくなることが……それをね、いつも剥がしてくれるんだよ。気付いてくれるんだ。それが凄く……嬉しい』

自分でも気付かない自分に気付いてくれる。仮面に取り憑かれたままにしないでくれる。それが父リーリルには嬉しくて、唯一安心をくれる人がクラルスの母だったのだ。

「踊り子じゃない、吟遊詩人じゃない私を、あの人は確かに見つけてくれたの。ミリアリア様とも上手くやるつもりだった。やれると思ってた。けどね……いつの間にか第二夫人っていう仮面をつけたまま、取れなくなってた……環境や周りの人の感情に取り込まれて、役に染められたまま……

抜け出せなくなってた……」

クラルスは、それに気付かなかったのだ。何より、第一夫人の心の痛みが分かってしまったから、第二夫人に徹しなくてはと思い込んだ。

彼女の望む『第二夫人』という役に染められてしまった。

「相手の……痛みが分かるのは怖いわね……私は、それは役を作る上ではこの上ない能力だって思ってた。だから流民の私でも王女様達の心にも寄り添えたし、子どもの時から独りでも踊り子や吟遊詩人としてやってこられた」

どれだけの人が、望んで踊り子や吟遊詩人として成功できるだろう。役に入り込み、気持ちを知る。共感する能力はどちらにも必要不可欠だ。

クラルスは、罪人を見ても涙を流す子だった。そこに至るまでの苦しみや痛みを感じ取ってしまう子だったのだ。それが普通で、嫌だとは思ったこともなかった。共感し、時に役に溺れる。それはクラルスにとっては誇れる能力だった。

「二人の……父さんと母さんの娘だって自信と誇りがあった。けど、分かってなかったんだと思う……この能力の本当の怖さを……父さんには言われていたのに……」

何かの折に触れ、リーリルは伝えていた。

『役に入るのはいい。けど、何かの拍子に囚われてしまう時があるんだ……抜け出せなくなる時が。だから、見極めなくてはいけないよ……囚われない一歩手前で足を止める……大事なことだ。見てる人達に夢を見せるには、そのギリギリまで近付かないといけないから、難しいよね』

楽しそうに笑った父が、とても綺麗だったのを思い出した。

『いいかい、クラルス。吟遊詩人も踊り子も、独りで生きていけるように見えるけれど、ずっと独りではいけない。もし役に入り込んでしまっても、現実に戻してくれる人を見つけなさい。君は、私達の血が濃いみたいだからね』

困ったようにも見える表情で、優しく微笑んで、頭を撫でてくれた父。その姿はずっとクラルスの心の片隅にあり続けた。だから、見つけなくちゃと、焦っていたのかもしれないと今ならば思う。

「あの時は、本当にこの人が唯一の人だと思ってたから、それを否定する気はないの。時が人を変えるってことは、私もよく知ってる」

「ああ……人は変わる」

それはとても残酷だが、時にはとても嬉しいものだ。変わることが当たり前だと、大人になれば分かる。

「だから、あの時は、あの人で良かったの。今は違うってだけ。父さんは母さんが唯一だった。けど、私は違うの。今は……フィルなんだと思う。フィルは……本当の私……仮面が取れた時の、情けない私を知ってる」

第二夫人としての仮面を取ってくれたのは息子のフィルズだ。そして、沢山の仮面を被ることで分からなくなっていた自分を見つけてくれた。

「私ね……多分、父さん達と別れた時には、もう仮面を付けてたの。『独りで旅する吟遊詩人と踊り子』っていう、仮面を……」

「……」

強くなくてはならなかった。色んなものに警戒もしていた。

「『明るく楽しい天真爛漫（てんしんらんまん）な女の子』ってね、独りの時には憎まれにくいって知ってるから、今でもたまに出ちゃう」

「お前は……無理してるように見えないからな」

「やっぱ、気付いてた？」

「まあな……けど、リーリルが言っていた……若い頃の心や仕草（しぐさ）は忘れないようにしてるって……冷めた大人ほど、面白くないものはないってな」

「そうっ。夢も希望も諦めた、煤（すす）けた大人にはなりたくないのよ！　だって、私は夢を与える踊り子で、希望を教える吟遊詩人だものっ」

いつだって、新しいものに目を向けて、挑戦する心を忘れてはならない。何かに心を動かされる感覚を忘れてはならないというのが、父母の教えだ。それが周りにも伝わるように生きる。人の心を動かせるように。それがクラルスの理想とする生き方だった。

「けどね……最近は全然ダメなの。『フィル君のお母さん』って役が難しいのよ」

「……演じたいのか……？」

「だってっ、フィルのお母さんって今更要らなくない⁉　あの子、ほとんど一人で生きてきたのよ？　私、閉じこもってたしっ。演じてでも居場所を勝ち取らないとっ、捨てられちゃう！」

絶望したような顔をするクラルス。これは多分本気だとルイリは察する。

「……息子相手に何考えてんだ……まるで夫に捨てられないように頑張る妻だな……いや、逆か？」

「それじゃんっ⁉　やだっ、恥ずかしいっ。でもダメ！　諦めたらそこで終わっちゃうのよ！　始めたからには、きちんと最後まで演らないと！」

「……フィルにならバレるぞ……」

フィルズには色々と鋭いところがあるとルイリも分かっている。きっと、そうしてクラルスが母親をやろうとしているのにも気付くだろう。

「それもあるのよっ！　ウチの子天才！　やっぱり、早急に頼りになる父親を作らないとっ。神殿長さんは了承してくれたけど、一人じゃダメよ……後見人とか、いざという時に頼りにできる人は、三人でも少ないわっ。ってことで、ルイリお兄さん！　フィルのパパになって！」

「……何人作る気だ……」

ルイリも勘違いしたりはしない。再婚相手を欲しがっているのではなく、純粋にクラルスが息子の後見人をと考えているのは分かった。

「とりあえずこの国で五人くらい？　あ〜、この国の国王や他の貴族との繋がりを作ってなかったのが悔やまれるわ……隣の国ならいけるんだけど……」

「お前……パトロン多かったもんな……」

「ほとんど世界制覇してる父さんと母さんにはまだまだ及ばないわよ」

「……本当……吟遊詩人と踊り子ってのは……凄いな……流民の方が最強じゃないか……」

「流民だからこそ、その土地での安全確保は大事なのっ。分かるでしょう？」

「……ああ……」

多くの人々が国を持たない者として流民をバカにするが、彼らほど自由で、強かな者はいない。

「とりあえず、色々と計画を練らないとね～。うん。考え出したらお腹空いちゃった。これ、買ってきたのっ。食べよっ」

フィルズお手製の斜めがけのバッグはマジックバッグで、その中からギルドに来るまでに買ったフィルズ監修のパンを取り出す。クラルスは、毎食このパンだけで良いと言うほど気に入っていた。

「……ふっ、本当、変わらないな。野菜嫌いは直ったか？」

「うっ……だって、あんまり食べるってことに興味なかったんだもの……食べられるわよ？　大人だもん。ちゃんと……食べるわよ……」

「母親頑張れ」

「これっ、母親としてはダメなやつなの!?」

「好き嫌いはダメだろ」

「うわんっ。もう最初っからダメじゃんっ」

頭を抱えるクラルスは今、仮面など付けていないのだと、自分では気付いていない。それが楽しくて、面白いとルイリは笑う。

「まあ、ゆっくりやれ」

本当の母親としても、成長はまだまだこれからなのだから。

公爵領都の北の大門には、森で怪我人が出るなどする関係から、治療のために神官が控えていることが多い。

日が落ち切る前に門まで辿り着いたフィルズとマグナ。ギリギリまで運んでくれたビズは森に帰り、今は二人と赤子だけだ。

大きな箱を抱えて歩いて来た少年二人に、門番達は警戒しながらも驚いていた。

「っ、え⁉　ちょっ、何持って帰って来た⁉」

「フィル？　なんでマジックバッグに入れ……っ、まさか……し、神官様！　神官様を呼んでくれ！」

フィルズは普通、獲物をマジックバッグに入れて持ち帰って来る。これが稼いでいる冒険者という証明だった。門番達は、冒険者達とも交流があり、フィルズのことも冒険者になって間もない頃から知っている。ある時からこのバッグを持っていることも、もちろん把握していた。そんなマジックバッグに入らないものは何なのか。前例を門番達は知っている。

予想しながらも駆け寄り、フィルズとマグナの抱える箱の中を覗き込んで彼らは頭を抱えた。

「やっぱり〜ぃぃ……ってか六人も⁉」

「声が大きい……」

「悪いっ」

フィルズの注意に、すかさず謝ってくれるいい人達だ。そして、子ども好きだった。

彼らはフィルズが度々森から捨て子を拾ってくるのをよく知っていた。

「くっ、なんでこんな可愛いのをっ……っ」

「なんだこの可愛い生き物はっ……っ、ちっさっ」

「あ～、娘の小さい頃を思い出す～。可愛いっ……」

「「……」」

フィルズとマグナは、いつの間にか赤子達が並ぶ箱を、門番達に持って行かれていた。彼らは箱を持つと顔を見合わせる。

「えっ、軽っ、え？　あ……うん」

「うん、なるほど。このまま教会だな。俺運ぶわ」

「そんじゃ俺も」

思いのほか軽い箱に首を傾げた門番達だったが、すぐに受け入れる。フィルズが作る道具には不思議な力があってもおかしくない、と分かっているのだ。彼らはその技術を貴族の目から隠さねばならないことも理解している。

そんな人達に言っておかなくては、とフィルズは一つ報告することにした。そう思って彼が懐から取り出したのは、今日更新されたばかりのギルドカードだ。

門を出入りする際はこれを門番に見せるのが規則となっている。とはいえ、出る時はほとんど顔パスで、カードも物があるぞと見せるだけだったため、恐らく更新内容は認知されていない。

「俺、四級になった」

「「っ、早っ」」

箱を持ったまま驚く門番達。しかし、すぐに良しと頷いた。

「四級か〜。そこまで上がれば一安心だな〜」

「フィルは顔もいいから、どっかの貴族に連れ去られたりしないか心配だったんだよ。でも四級の冒険者ともなれば、反撃されても自業自得って判断されるからな。あ、半殺し手前までにしとけよ？　死なすとさすがにしょっ引かれるから。あと心は遠慮なく折ったれ」

「俺らも楽になるわ。よくやった！」

大歓迎された。それも半殺しまで推奨。

四級の冒険者は教会の後見も得られ、発言力も高い。貴族も下手に喧嘩を売ろうとは考えない。上級冒険者となれば、時には貴族の不正などの調査も国から依頼されることがある。これは、国としても公正であると民にアピールするためだった。何より上級冒険者として認められる四級以上は、何かあった場合の国の守り手でもあるのだ。

フィルズにとってはもう一つ嬉しいことに、珍しい物を好む貴族に守護獣を奪われる心配もなくなる。王侯貴族も手出しできなくなるというわけだ。

そして、ギルドだけでなく教会にも認められた冒険者となると、その冒険者が味方する貴族や国は正しい行いをしていると判断される基準にもなっていた。

「そんなに安心されるとは……」

心からほっとした様子の門番達。彼らに呼ばれてやって来た神官は、この場で赤子達の健康チェックをするらしく、箱を下に下ろす。神官は若いが立場がかなり上の人だった。

その間に門番達も、持ち場を離れる人員の調整をするようだ。慌ただしく持ち場に戻る者と、この場に残って教会に向かう者で分かれた。そのうちの、後者に振り分けられた門番二人が吐露(とろ)する。

「お前なあ……もう少し見た目とか気にした方がいいぞ？」

「そうそう。王都だったら、出歩き出した頃には拐(かどわ)かされてたからな？」

「お前、口悪いしな。気も強いし、貴族相手でも平気で悪態(あくたい)吐くだろ」

「不敬罪だとかって殺されてても文句言えなかったんだぞ？」

「……王都……物騒(ぶっそう)だな……」

フィルズはそう言って眉を寄せる。それが予想できるくらい横暴な貴族がいるのかと思うと、この国は大丈夫なのかと考えずにはいられない。

「いや、それくらいフィルが美人だってことだよ。そんな貴族ばっかかじゃねえから心配すんな」

「悪いのに目を付けられそうなくらい目立つってこと。貴族がそんなんばっかだったら、困んだろ。隣の辺境伯なんて出来た人だぜ？　国境付近の貴族はまともなのが多い。そういうのが上の方にもいるから、教会も撤収してないだろ？」

「あ〜、な。マジで腐(くさ)ってんのが多いと、教会が国を見捨てるもんな。あ、悪い意味じゃねえっすよ？」

門番が神官に断りを入れれば、しゃがんで赤子を見ていたその神官は笑って返した。

「分かっていますよ。大丈夫です。保護対象がこの国はまだ少ないですから。少なくとも今の十倍に増えないと撤収指示は出ませんよ。それに、その前に教会から冒険者へ調査を依頼しますしね」

教会は逃げ込んでくる者を保護する役割を負っている。フィルズが連れて来るような孤児はもちろん、事情次第では訳ありの貴族を引き取ることもある。

そして教会が国から引き揚げることは、神が国として認めないということを意味する。民も散り散りになるため、国の終わり方としては不名誉極まりない。とはいえ神官の言った通り、撤収に至る前段階があるので、それは警告としても認識され、国も動く。

神官の話をずっと黙って聞いていたマグナが問いかける。

「その……調査は、私でもお願いできますか？」

「え？　さすがに何か証拠なり根拠なりがないと、庶民ではね……もちろん、悪評が積み重なれば、それが証拠の一つになりますけど……」

教会は、国さえ糾弾できる力を持っている。だからこそ慎重に、確実な証拠がなければ動けないのだ。よって、保護対象者の数である程度の確度を測っている。

「私は、マグナ・ケルミートと申します。ケルミート男爵の第一子です。ここにっ、ここに、男爵家を糾弾できるだけの証拠がありますっ。どうかっ、どうか男爵領に住む人達をっ、助けてください！」

マグナは深く頭を下げた。その悲痛な訴えに、神官は目を丸くしながらも、すぐに立ち上がって居住まいを正し、マグナの前に立った。

「分かりました。副神官長であるわたくし、ジラルが承りります。まずは教会へ。ご心配なく、ここには神官長ではなく神殿長がおります。すぐに対応いたしましょう」

「っ、ありっ、ありがとうございます！」

神官長より上、一つの国の全ての教会をまとめる権限を持つのが『神殿長』だ。必ずしも王都の教会ではなく、その国の中で最も神の力が強い土地の教会にいるらしい。ここは告発するには一番良い場所だった。

「良かったな。マグナ」

「うんっ。ありがとうっ。ありがとう、フィルっ」

「おうっ」

フィルズはニッと笑って応えた。そして、マグナと赤子は自分が連れて来たのだからきちんと教会や孤児院まで付き添うと伝えれば、副神官長ジラルは嬉しそうに破顔してフィルズの頭を撫でた。

「フィルは本当にいい子だね」

「……ジラル兄はすぐ褒める……」

「褒めるべきところの方が、フィルは多いからいけない」

「俺のせいかよ……」

「良いことだよね？」

フィルズと古くからの知り合いであるジラルの見た目は二十頃。しかし、実年齢は恐らく見た目より十は上だろう。神官は神の加護が強く、更には、そんな神の力が満ちる教会にいることで、寿命が一般の人より長くなりやすい。とはいえ、それはほんの一部のため、真偽のほどは一般的には知られていなかった。どう見ても若い彼が副神官長だ。人によっては、色々言う者もいる。それに、ジラルは教皇の甥らしい。心無い者達が、親族の権威による采配だと言う。

だが、教会の者は分かっていた。そもそも教皇は実力で選ばれる。血でもなく、支持率でもない。どれだけ神から認められているか。それだけだ。だからこそ、他の立場でも血によって選ばれることはほぼない。

ジラルは真面目なところがある。神が降りてきたと狂喜乱舞する彼の叔父や、気まぐれに教会を抜け出して子どもと追いかけっこをして帰って来る神殿長を見て育ったからだろうか。落ち着きがあり、子どもから大人まで人気があった。

ジラルに促され、フィルズ達は教会への移動を始める。

「……副神官長が、こんな頻繁に出歩いていていいのかよ」

「わたしはまだ若いつもりだからね」

フィルズのぼやきにジラルがニコリと笑えば、珍しそうに町を見回しながら隣を歩いていたマグナが問いかける。

「おいくつなんですか？　あっ、すみません……」

つい聞いてしまったという様子のマグナに、ジラルはクスリと笑った。

「お恥ずかしながら、今年でようやく三十二です」

「「っ、さんっ」」

マグナだけでなく、門番達も驚いて声を詰まらせる。フィルズも予想していたとはいえ、実際に聞くとさすがに驚く。

「十は余裕でサバ読めるな」

「神官はあまり年齢を口にしないから」

「それ、信じてもらえない場合が多いからだろ」

「そうだね」

爽（さわ）やかな笑顔で肯定していた。

「そうだ。孤児院に来るなら、フィルにあの子達を会わせないとね。本当は教会に来たら、毎回会って欲しいんだけど」

「あの子達って……ああ、預けた……」

「そう。こうして今までに連れて来た子達」

エン達はこれまでにも何度か子どもを保護している。フィルズは、仕事で外に出るついでに、二日か三日に一度はエン達に会いに行っていた。エン達はその時に、赤子や幼児を一人、二人連れて来ることがあった。まるで、褒めて欲しくて何かを持って来る犬のように。

今回は、フィルズが前回会ってから間が空いてしまったために、エン達は自分達だけで何とかしようと、洞窟に赤子を連れ込んでいたのだ。

ジラルはフィルズから預かった子ども達の話を続ける。

「一番上の子は二歳になるかな。喋れるようになった子達もいるからね。成長を見てもらわないと」

「いや……俺、親じゃねえし別に……」

「でもあの子達、フィルが教会に来る時、決まって嬉しそうにするよ？　何か感じてるみたいに。それで孤児院に寄らずに帰ってしまうと、凄く泣くんだよ」

「……なんだそれ……」

特殊能力か何かかと、フィルズは顔を顰めた。

「子どもは感覚が鋭いから」

「……何に反応してんだ？」

「最近、私も分かるような気がするんだよね……アレだよ」

「ん？」

ジラルは他に聞かれないように、フィルズに耳打ちする。

「……神気。最初は私にも何の気配か分からなかった。でも、反応の仕方が、叔父上に似てる子がいて、ああ、コレかと」

「……困るじゃん……」

誰がと言えば、主に神が。神気というのは神特有の気配のようなものだ。神々は時折お忍びでフィルズの元へ遊びに来るが、その気配を察知されているらしい。このままではますます内緒で降りて来られなくなる。

「そう？　でも、お陰でフィルが受けた加護の強さの違いがよく分かるようになったよ」

フィルズは複数の神の加護を受けているが、その強さは均等というわけではない。

「……それ、隠すとか……」

「隠す……できるといいね？」

「……」

何で隠すのかと不思議そうだ。神官としては、加護の強さは隠すものではなく、受け入れるものなのだろう。これ以降は、一般的な感覚の話のようで、ジラルは普通の声量に戻す。

「あと、フィル君の魔力かな」

「魔力……？」

「ええ。なんだかとっても心地いいんだよ。恐らく、魔力制御が凄く上手いんだろうね。揺れが少ないんだ」

「揺れ？」

「そう。魔力変換の流れが常に一定みたいだ。歩く速さによっても、人はその流れが乱れる。朝と夜でも普通は違うものだ。呼吸と同じで、疲れている時とそうでない時も違うんだけど……フィル君は本当にいつでも一定なんだよね。だから不快さが感じられないんだ」

「……へえ……」

自覚なしだ。だが、そう指摘されると、なんとなく分かる気がした。

「もっと細かい感覚で捉えられる神官は、放出される魔力の質で人の識別もできるよ。魔力の揺れからその人の体の状態も読み取ることも可能らしいから」

改めて魔力を感じ取ると、確かに人によって波や感じ方が違う。そんなフィルズを見て、ジラルは笑う。

「何か分かったのかな。人によって魔力の持つ波紋も違うから、ギルドカードの識別や所有者権限を付けるのにも使われるよね」

「……」

なるほどと頷きながらも、フィルズはなぜジラルがこれを口にしたのか、理由に思い当たった。

「……何か言われたのか……？」

「分かる？」

「なんとなく……」

「さすがフィル君……そう。今のは、アクラス様とキュラス様からの御言葉だ。で、これはお二方からの伝言。『上手く使いなさい』だそうです」

「……分かった……」

エン達の洞窟に滞在していた時、様子を見に降りて来た主神リザフトから、フィルズは頼み事をされた。それは神気を察知されない結界を作って欲しいというもの。周囲のことを気にせずに遊びに来たいそうだ。

魔法を司る神アクラスからの言葉は、その結界作りへのヒントだろう。それと、知恵の女神であるキュラスからの言葉の意味は恐らく、教会や神官を上手く使えということ。

フィルズが新たに生み出したり、再現したりした技術は、そのまま個人で表に出すのは危険だ。だから、教会からということでワンクッション置いて広げろと伝えたいのだろう。

「……わざわざ伝言か……」

フィルズに直接会いに来て伝えれば良いのに、それをしないのだ。手を離せない何かがあったということだろう。主に、他の神の抜け駆けを注意するとかだ。

「……リザフト……」

やはりリザフトのそれがバレたのだろう。あの森の洞窟で、ハナの能力である結界によって、神気が漏れないことを良いことに顕現（けんげん）し、フィルズの食事まで堪能（たんのう）したことが。今頃、正座でもさせられていそうだ。

「ところでフィル君。わたしからもお願いが」

「なんだ？」

「飲み物やスープを温められる水筒のような入れ物を作っていたでしょう？　それを早めに広めてもらえないかな」

「……他からも言われてるから別にいいけど……何か困ってんの？」

こういった要望をジラルが出すのは珍しい。中々お願いもしてくれないのだ。だから、今回もきっとジラルの都合ではないだろう。

「幼い子が多くなったから、ミルクを個別に温められたら嬉しいなと」

「……悪かった……」

間違いなくフィルズが悪い。この一年ほどで、一気に乳児、幼児が増えたのだ。一番手の掛かる年代だ。手が回らなくなっている。

「いいんだよ」

「いや……すぐそれ用のを用意する。あと……ジラル兄達にも、少しの空き時間でお茶できるようにカップも」

「それは……うれしいよ。ありがとうフィル君」

「……おう……」

そうして、二日後には神官達の多くに『マイボトル』や『マイカップ』が普及(ふきゅう)した。

更にひと月もすると、一般家庭にも『マイカップ』が、冒険者達や商人の間では『マイボトル』を持つのがブームになった。

火を用意して湯をわざわざ沸(わ)かさなくても、ほんの少しの魔力や魔石で温度も自由自在に調節できるこの『マイボトル』は、パンとは違い、急速に王都や他国まで販路(はんろ)が広がっていったのだ。

教会に辿り着いて数時間で、保護認定を受けたマグナは、翌日には神殿長と男爵領の問題についての話をするための面談をしていた。この場には、不安そうにしていたマグナのため、仕方なくやって来たフィルズもいる。副神官長であるジラルも同席していた。

早速、マグナが持ち出して来たという彼の父の不正の証拠となる書類や、彼の母や男爵家に付き合いのあった者達の横暴な行いについての証言や念書を、神殿長が確認する。

「なるほど……これは確かに、確実な証拠となるのが揃っていますね。よく集めたものです」

「っ……」

神殿長が証拠と認めた。それを見て、マグナはほっとしたようだ。まさに命懸けで持ち出して来たものなのだから、当然だろう。そして、思い出したというように、マグナは顔を上げる。

「あ、そ、それともう一つ。家から出てくる時に、父が執務室で怒鳴っているのを聞いたんです。謝礼が少ないと……その、魔寄せまで用意したのに、といったことを」

「「「っ!!」」」

これには神殿長だけでなく、ジラルやフィルズも身を乗り出すようにしてはっとする。

神殿長は少し考えた後、フィルズへ目を向けた。

「魔寄せ……彼が出てきたのは五日ほど前でしたか。それなら……」

「ああ。それも、あれは男爵領から来たものだったと考えれば……」

思い当たったのは、第三王子リュブランの騎士団との出会いの一件。二人で頷き合う。

魔寄せとは、魔獣の好む臭いを出す香のこと。五日前、何者かが仕掛けた魔寄せにより、公爵領にはオーガの群れが襲来した。その時最初に対処したのが、偶然近くにいた第三王子リュブランが率いる騎士団であった。

応援に駆けつけたフィルズや冒険者達の活躍によって事なきを得たが、かなりの大事件である。

「あ、あの……？」

不安そうなマグナに、心配ないと神殿長はニコリと微笑んで見せた。

「ありがとうございます。これで狙いが定まりました。ただ……これによって君の家は恐らく……」

「構いません！　あんな家はなくなるべきです。私も……もう貴族には戻りたくないです」

昨日マグナは、この安全な教会で一晩を過ごした。その時に、同じく教会に保護されたリュブラン達とも会っている。彼らとも話し、それを決意した。覚悟は既に決まっている。

「分かりました。教会は君の望む道を応援します。ただし、一度この国の上の方とは話をしなくてはなりません。貴族家がなくなるというのは、そこに住む者達にとっても、大なり小なり変化をもたらします。ただの代替わりとは違いますからね」

世代が替わるだけならば、それまでやってきた政策などの引き継ぎがなされやすい。だが、今回は恐らく、男爵家自体がなくなるのだ。領地の全てがゼロになるようなもの。これには、住民達も無関係ではいられないだろう。

「君の貴族という身分は凍結(とうけつ)です。もちろん、無理に国へ引き渡すことはしません。あくまで、道を残しておくだけです」

「……はい……ありがとうございます。それと、男爵領のこと……お願いいたしますっ」

「もちろんです」

深々と頭を下げたマグナが、ジラルと共に部屋を出て行くのを見送る。しかし、フィルズは残された。理由は分かっている。

「さて、フィル君。すぐに冒険者ギルドへ男爵領調査の依頼を出します。依頼書を持って行ってもらえますか？」

フィルズもそのつもりだったので、ソファに片膝を行儀悪く乗せて座り、背もたれに片肘を突いて、執務机に紙を用意する神殿長を見る。

「ああ。すぐに動いた方が良さそうだしな。そのまま、男爵領の冒険者ギルドにも飛んでやるよ」

フィルズは上級冒険者となったとはいえ、今回の調査依頼には参加できない。経験も実績もないのだから当然だ。だが、心配はいらない。男爵領のギルドにはその時を待っているのだろう、もっと上の冒険者が詰めていたのを確認している。すぐに動いてくれるはずだ。

「助かります」

「気にすんな。あそこの状態をどうにかしないと、また子どもを拾ってくることになりそうだからな」

フィルズが動く理由もある。あのままでは、エン達にも影響があるのだ。

神殿長は依頼書を書きながら、話を続ける。

「男爵を押さえるとなると、あの領はこの公爵領へ取り込まれるでしょうね」

男爵領は辺境伯領にも接しているが、そちらに取り込まれるとは神殿長は思っていないらしい。

フィルズもその見立てには同感だった。

「ああ……辺境伯は頼まれても断るだろうからな。ところで、あの領境のある森も嫌々受け取ったって聞いたけど、本当なのか」

「まともに運営している方ほど、多くの領地は望まないものです。辺境伯はただでさえ国境の守りという使命がありますからね。領地が増えても目が届かないと言って嫌がるでしょう」

辺境伯の治める領地の広さは、この公爵領とそれほど変わらない。辺境と呼ぶに相応しく、他国の国境と同じく、広大な森とも面している。その森は『不可侵の森』との名を持つ未開の地。何年かに一度は、そこから魔獣や魔物が溢れる。

隣り合う国は軍事大国で『不可侵の森』の所有権を主張し続け、開拓しようとしているらしい。その度に魔獣達の返り討ちに遭っており、それが外には知られていないと思っているという。

これにより、森から魔獣達が辺境伯領の方へやってくることもあった。側から見れば『頭おかしいんじゃない？』と言いたくなる。そんな国だからこそ、少しでも隙を見せれば、この国にも侵攻してくる。

そんな領を治めているのだ。男爵のせいで荒れた旨味も何もない土地を押し付けられるなんてことになれば黙っていないだろう。辺境伯は、はっきりとモノを言う人だという。実際に攻めてきた隣国に直接『お前ら頭おかしいだろ』と言い、『土地より金をくれ』と国王に言うような人らしい。

神殿長の、男爵領が辺境伯領ではなく公爵領に取り込まれるだろうという予想は、こんな事情も知っているからこそのものだった。

「国としても、辺境伯に愛想を尽かされたら困るでしょうしね」

「評判良いもんな。辺境伯」

フィルズは、冒険者として活動する中で、何度か辺境伯領にも行っている。そのため、住民や冒険者からの辺境伯の人気は高いと知っていた。

「おや。会ったことありませんか？」

「いや、辺境伯だろ？　会えるわけねえじゃん」

神殿長はなぜか、逆に何で会ったことないんだと言わんばかりの顔をしていた。

「そうでもないですよ？　あの問題児は耳聡(みみざと)いですから、フィル君のことを気に入りそうですし、食事だなんだと理由をつけて会いに来てると思っていたんですけどねえ」

「……会いに……まさか……」

思い当たる人物が一人いることに、フィルズは気付く。

「……めんどくせえオヤジが一人……左右の瞳の色の濃さが違う……大剣二本使う奴」

「それです」

「……マジか……」

特定された。

「ふふふっ。その感じだと、相変わらず元気そうですね」

「ああ……」

森の方で何かあれば、冒険者達を引き連れて、飛び出していくような人だった。冒険者達と食事し、酒を飲んで騒ぐ。面倒見も良く、どちからと言えばお節介。どこからどう見ても気のいい冒険者にしか見えなかった。それが領主などと予想できるはずがない。その上、明らかに領主ではあり得ないと思うこともあった。

「あ？　けど、あいつ、夫婦で冒険者みたいだったが？」

「それは当然ですよ。彼は婿養子(むこようし)ですし、その力を認められて結婚しましたから」

「どんな夫婦だよ……」

領主が夫婦揃って、戦場に飛び出していくというのは普通ではない。

「まあまあ。そういう夫婦もいますよ」

「……そういうもんなのか……？」

夫婦というものがよく分からなくなった。

「それより、忙しくなりますよフィル君。とりあえず、商会を早く創ってくださいね」

「……分かった……」

男爵領の者達も受け入れることになれば、はっきり言って、共倒れになってもおかしくない。この公爵領には、今の男爵領の人々を養えるほどの余力はないだろう。

やることが沢山ありそうだとため息を吐くフィルズ。一方、神殿長は書類に最後のサインを入れながら呟いた。

「……そろそろ公爵にもきちんと向き合ってもらわないといけませんしね……」

男爵の処分が決まる頃には、この領の状況も変わっているだろう。神に愛されるフィルズやクラルスによって、変化は既に始まっている。

フィルズにとってはただの趣味で、欲しい物を作っているだけ。物作りしているのも、その儲けによって、母のクラルスも連れて家から出て行くための準備の一環でしかなかったはずだ。

しかし、幸運にもそれらは神の思惑通り、ゆっくりと確実に世界に広まり、変化をもたらしていくことになるのだ。

ミッション② 新しい家への引っ越し

ここは、王都にある王宮に用意された宰相(さいしょう)の執務室。そこで書類にまみれながら、部屋の主はわずかな仮眠から目を覚ます。

「っ……じかん……っ」

金色の髪はしばらく切っていないため長く、適当に紐(ひも)で括(くく)っている。切れ長の目は翡翠色(ひすいいろ)だ。昔から美男子と有名だが、仕事や勉強以外、本人はどうでも良く、モテるモテないというのは意識していない。表情もあまり変わることがないことと、口数が少ないことで、友人や知人には様々な誤解を受けることが多々ある。

ノビをしながら真っ先に確認するのは、部屋の壁にかかる大きな時計。王宮にあるのは、振り子時計だ。音が気になる時もある。時折止まったりズレたりするため手はかかるが、それが当たり前なので面倒だと思う者もいなかった。

時間は昼の一時。一時間は眠れたようだと息を吐く。ここ数日は特に忙しくしていたため、仮眠、仮眠で何とか耐えてきた。その原因は、ケルミート男爵家だ。

「……早くこちらの処理を終えないと……」

教会から警告が入り、調査の入った男爵家の内情は酷いものだった。問題ありと確信を持った教会は、徹底的に調査する。どれだけ巧妙に隠したとしても、その背後関係も繋がりも明らかにされてしまうのだ。

だから、本来、国は教会の手が入る前に気付かなくてはならない。そうでなくては、今回のように不正をしていた貴族達が芋づる式に捕まってしまう。これにより、各所で仕事が滞ることになる。最もその煽りを受けるのが、宰相というわけだ。宰相府と呼ぶ国政の中枢を担う機関は、ここ数日、前にも増して多忙を極めていた。

ジンジンと頭に血が巡る感覚をやり過ごしながら、横になっていたソファから上体を起こすと、それを見計らったように、軽いノックの音と同時に部屋へ入って来る者があった。

「リゼン、入るわよ～。おはよって、今昼過ぎだけど、生きてる？」

「……ラスタ……」

宰相位に就いているリゼンフィア・ラト・エントラールは、迷惑だという思いを込めて、この男を睨んだ。

リゼンフィアがラスタと呼んだのは、細身の男性。だが、声も高めで言葉遣いも女性のようなものが常だ。年齢はリゼンフィアと同じ四十。

ラスタリュート・ハルディアは、王都にある一つの騎士団の団長を務めている。現在のエントラール領都の騎士団長であるヴィランズの後任だ。

ハルディア伯爵家の次男で、薄茶色の長い髪を三つ編みにし、一見して女性のように見える。顔も小さく、濃い青の瞳はいつでも好奇心いっぱいに輝いている。

学園入学当初は、気持ち悪いとか男なのに情けないとか散々言われていたが、剣の腕で全てを蹴散らした。これにより、親でも何も言えなくなってしまったらしい。騎士団長になったことで、更に陰口も減ったと笑っていた。誰にでも人当たりが良く、男性にも女性にも人気がある。そして、面倒見が良かった。

「ほら、昼ごはん。またアレでしょ？　食事より寝る方を取ったんでしょう？」

「……いらん……」

二人は学生の頃からの腐れ縁だ。相手のことをよく分かっている。

「あんたはホント、勉強はできるのにおバカよねえ。ご飯食べないと、寝たとしても上手く頭回らなくなるのよ？　これ、お祖父様の言葉」

「っ……スラザ殿の言葉なら確かか……」

「なんでそんな悔しそうなのよっ」

常に刻まれてしまった眉間の皺が、更に深く多くなる。このお気楽な男の言葉ならば鼻で笑って聞いた振りで流してやるが、古代から続く医学研究者の権威である彼の祖父の言葉ならば、素直に聞くしかない。

重い頭を支えながら起き上がるリゼンフィアを見て、良しと頷いたラスタリュートは、腰に付けたマジックバッグから、水筒のようなものと、小さなバスケットを取り出した。バスケットの中身は布に包まれて分からないが、仄かに芳ばしい良い匂いがする。

ラスタリュートは、勝手知ったる様子で、部屋の隅に追いやられていた小さなテーブルの上にそれらを置き、そのまま引っ張ってくる。

「これ、男爵領からの帰り道で買ってきたのよ」

男爵領の教会へ、ラスタリュートが親書を届けに行っていたのは、リゼンフィアも知っている。

彼がニヤニヤと笑いながらバスケットにかかった布を取ると、中にはふっくらした見た目の何かがあった。

「……なんだこれ……」

「ふふっ。パンよ。食べてみなさいな」

「……」

匂いのせいか、急に空腹を感じて思わずソレを手に取るリゼンフィア。朝食も、硬いパンを一欠片、スープと共に流し込んだだけだったのだから、お腹が空いているのは当たり前だ。

パンと言われて手に持ったが、驚くほど柔らかい。そして、摘まんで千切れば、粘りもあり、くるりと外側の茶色い部分がめくれた。

「っ、なんだこれ……」

「あはっ。そればっかりっ。いいから、食べてみなさいって。また同じこと言っちゃうから」

「……っ」

口に入れると、甘味を感じた。そして、今までのパンとは違い、食べ応えがある。この世界のパ

ンは硬く、スープに浸して食べるのが常識だ。だから、思わず二口目、三口目と食べて、ゆっくりと口の中に広がった香りを吐き出すように呟く。

「っ……なんだこれ……」

「ねっ？　ホント、なんだこれでしょ？　そっちのパンも普通と違うのよ」

「……どこの店の……」

「あんたんとこの領のパン屋」

「……は？」

寝不足のためか、疲れからか、リゼンフィアには、今の言葉が認識できなかった。

「あなたのとこの領都にあるパン屋よ。一部みたいだけど。それと、なんか凄いの建ててたわよ？　新しい商会の建物だって聞いたけど、あなたの屋敷より立派かも」

「……なんだって……？」

全く頭に入ってこない。頭を抱えるリゼンフィア。そんな話は今まで聞いたことがなかったのだ。商会ならば、商会長が顔繋ぎのためにも挨拶に来るはず。しかし、そんな連絡も来ていない。

この反応に、ラスタリュートは呆れた顔を見せる。

「思ったけど、やっぱあなたのとこの代官、変じゃない？　今回、せっかくだしヴィランズ団長に会って聞いたんだけど、あなた、騎士にも評判悪いわよ？」

「……何の話だ……」

「まず、確認っ。この前、第三王子の一件の時に、第一夫人のあのワガママ女には会った？」

「……会ったが？」

グッと眉根が寄るのは仕方がない。話がほとんど通じない妻に、リゼンフィアは苦手意識を持っている。それは婚約者として紹介された当初から変わらない。

第一夫人のミリアリアは、侯爵令嬢だ。自分の要求が通らないことはないと思って生きてきた人種。そのため、夫であるリゼンフィアも、自分に尽くして当たり前だと思っている。自分が彼を好きなのだから、リゼンフィアも自分を好きなのだと当たり前のように思っているらしい。

だから、第二夫人としてクラルスを迎えた時、彼女の怒りが爆発した。貴族家の当主に、妻一人だけということの方が稀だ。その時は何とか宥めたが、彼女の気に入らないという顔は、今でもありありと思い出せる。あまりにもその顔が不快で、領に戻っても、義務のように一日だけ見て、すぐに執務室に引っ込むことにしていた。

「じゃあ、息子には？」

「……セルジュには会った……」

以前、娘のエルセリアを見た時、出会った頃のミリアリアそっくりだと思った。まだ十にもならない子どもが、自分の要求は通って当たり前という顔をしていたのだ。驚愕と共にゾッとした。この間戻った時も、ミリアリアと並んでいるのを見て、すぐに仕事に集中することに決めたほどだ。

そんな事情も見透かすように、ラスタリュートは半笑いで頬杖を突く。

「それなら、第二夫人やその息子は？」

「……クラルスとフィルズなら、ずっと伏せっていると報告が……だから近付いていない」

この世界では、医療に関する知識が偏っている面がある。『病に倒れた者の側にいると、同じ症状が出るから、近付いてはいけない』ことになっているし、『看病のための世話係しか部屋に入ってはいけない』というのが常識だ。特に、『当主や跡取りは、近付いてはいけない』と言われていた。

「それ、ずっとよね？　世話してる奴らも、同じように寝込んでる？」

「かなり交代が激しいと報告がある」

「その理由、病気が感染ったから？」

「……それは……」

メイドの解任の報告が何度も来ていたため、そこに疑問を抱いたことがなかった。

「確認はしてないと？」

「……」

「はあ……あなたねえ。昔からそういうとこあるわよね……仕事ではどこまでも確認作業欠かさないのに、なんで身内とかはそうなの？」

「っ、信頼しているんだ……」

「甘えてんのよっ。その信頼する相手もね……」

信じられないと、更に呆れた表情になるラスタリュートから、気まずげにリゼンフィアは目を逸らした。自覚はあるのだ。代官や執事であるカナルに任せ切りにし過ぎだと。

「リゼン。あなた、次男が七歳の時に祝福の儀を受けてないこと、知らないでしょう」

「っ、え……祝福の……なに……っ？」

「神殿長がこの前やっと無理やり受けさせたって言ってたわ。カナルに確認したら、あなたが戦争の処理で帰れなかったところに、第一夫人がクラルスちゃんに薬を盛って動けなくしたんですって。それで、フィルズ君は拗ねて受けなかったらしいわ」

「……なっ……そ、そんなこと……っ、カナルに……っ」

執事であるカナルから報告を受けていない。そう口にしたくても、上手く口が回らない。体が一気に冷えていく感覚がリゼンフィアを襲っていた。そんなことには構わず、ラスタリュートは、もう一つ出した水筒を開けて続けた。お茶のいい匂いが漂う。

「フィルズ君に口止めされたみたいね。あなたへのせめてもの抗議だわ。『自立できたら、母さんと出てく』って、ヴィランズ団長に言ってるらしいわよ。家も買ったんですって」

「……か、買った？」

ここでまた思考がついていけなくなっていた。

◆　◆　◆

先日、エントラール公爵の第一子である息子のセルジュから贈られた枕カバーを使用した第一夫人のミリアリアは、その日から三日間眠り続けた。その枕カバーには、クラルスの加護刺繍が施されていたのだ。

ヒステリックなミリアリアにと、クラルスは【精神安定】の加護刺繍をノリノリで施した。息子のセルジュも、彼女のヒステリーにはうんざりしていたのだ。目を覚ました彼女は、それからぼうっとする時間が増えた。一部の使用人達は、穏やかになったと喜んでいる。

これを心配したのは、公爵領の代官であるジェスだ。彼はかつて、ミリアリアの従僕だった。しかし、ミリアリアの父にその能力を買われ、彼女の従僕でありながらも学園に所属し、その後も十分な教育を受けたことで、ミリアリアが結婚して数年後、代官として任命されたのだ。

「お嬢様っ……これは、まさかっ、毒なのではっ……」

ジェスにとっては、ミリアリアの気性が荒いことの方が当たり前だった。彼にとっては、気高い貴族令嬢の模範が彼女だったのだ。我が儘で当たり前。それこそが、貴族令嬢にだけは許されたものだと思ってきた。

「あら、ジェスではないの。どうかしたの？」

「え、あ……いえ……ご、ご気分はお悪くありませんか？」

「ええ。問題ないわよ？」

かつて、こんなにも穏やかな様子のミリアリアを見たことはない。窓辺に座り、本を読むなんて、願っても見られる光景ではなかった。

「そ、そうですか……いえ、それならば良いのです。何かありましたら、どうぞ、いつでもお呼びください」

「ええ。あなたにはいつも感謝しているわ」

「っ、はいっ」

感謝するなど、今まで一度も言われたこともないし、誰かに言っているところも見たことがない。喜びと戸惑い。高鳴る鼓動を感じながらも、ゆっくりと部屋を辞する。

彼女が結婚し、子どもを産んだ後も気高い貴族令嬢の気性のままであることが、ジェスの目には更に尊く、美しく映っていた。それは信仰にも似た想いだ。そこにあるのは決して、恋愛感情ではない。

何かの病気であったら問題だと、ほとんどの者は今のミリアリアに近付かない。よって、部屋に控えている侍女の数も、普段より遥かに少なかった。

そんな中、原因が分かっているセルジュは別だ。この時もミリアリアの様子を見に、セルジュが部屋を訪れる。そこで、部屋を出ようとしていたジェスと鉢合わせしたのだ。

「ジェス殿か」

「セルジュ坊ちゃま……」

ジェスはミリアリアの子であるセルジュも嫌ってはいない。しかし、学園の頃一度もテストや実力で勝てなかったリゼンフィアの優秀さを受け継いでいるセルジュを見ると、少しばかり腰が引けるようだ。

「丁度良かった。父上へ手紙を送りたいのだ。頼めるか？」

リゼンフィアは、ほとんど王宮に泊まり込んでいるため、王都別邸に手紙を送るより、代官からの報告書と共に送った方が確実に届く。よって、この家からリゼンフィアに送られる手紙は、全て代官であるジェスがまとめて送っていた。

「あ、はい……あの……お嬢っ、ミリアリア様は……」

「ああ、心配は要らない。神殿長にも診ていただいた。特に体におかしなところはないそうだ」

「神殿長が……ですがっ」

「信用ならないとでも？」

「い、いいえっ。分かりました。ただ、こちらからも公爵様にミリアリア様のことをご報告いたしますっ」

「ああ、それは構わない。もう帰るか？　できれば手紙を持って行って欲しい。下でお茶でもして待っていてくれ」

「承知しました」

その後、ジェスはセルジュからリゼンフィアへの手紙を受け取り、代官屋敷へと戻った。そして、ミリアリアの様子を書いた報告書と一緒に、王宮へと送ったのだ。そのセルジュの手紙に、いつもはジェスが抜き取るフィルズの手紙が入っているとも知らずに。

セルジュは、フィルズと過ごすことが増えてから、まさかなと思うことがあった。そこで、ヴィランズに相談していたのだ。もしかしたら、フィルズの手紙をジェスが送らずに処分している可能性があると。

そして今日、ジェスが屋敷に来ることを認めた騎士達が、急いでその証拠を探してくれた。ジェスに手紙を渡すからと、少し待たせたのは時間稼ぎだった。彼が屋敷を出てしばらくすると、調査を終えたこの公爵領の騎士団長、ヴィランズがやって来た。

「お待たせしました」

「すみません。ヴィランズ団長。騎士に家探(やさが)しのようなことをさせてしまって」

「いやいや。若いのがフィル坊と家探しの仕方を勉強したからと、えらく張り切っていましてなあ。楽しんだようですわ」

「フィルが？」

「ええ。上級冒険者になれば、貴族の調査の仕事などもありますからね。その勉強を最近しているらしく。一緒になってワイワイやってますよ。まったく、羨ましい！」

「うん。それは羨ましい」

　セルジュは心底からそう思ったようだ。

「それでまあ、セルジュ坊ちゃんの予想通りでしたわ……処分するのではなく、きちんと束(たば)になってました。几帳面(きちょうめん)ですなあ、あの男。あと、第一夫人に対する執着が異常です。一種、神聖視していると言いますか……横恋慕(よこれんぼ)ではないので、公爵に訴えるのも違うかと……」

「……やはりですか……」

　セルジュも、おかしいなとは思っていたのだ。ジェスは、リゼンフィアではなく、昔からミリアリアに忠誠を誓っているように見えていた。それが、セルジュには、理解できなかったのだ。

「ジェスは、仕事はできるんですよね……母上のことだけ気持ち悪いだけで……」

「気持ち悪いって……まあ、そうですね……」

ミリアリアの息子に気持ち悪いと思われているなんて、ジェスは考えてもいないだろう。

「だが、これで父上にもフィルズの手紙が届く。さて、父上はどうなさるか……」

「明後日でしたなあ。フィル坊とクラルス殿が引っ越されるのは」

「ええ。今日は一日、屋敷を掃除するから来るなと言われましたよ」

フィルズの商会関連施設の着工からひと月半。商業ギルドと教会の力を存分に振るって進められた建築作業は、通常の何倍もの速さで完成に漕ぎ着けた。これが五日前だ。

フィルズが工事に役立つ魔導具をいくつも作り、その実用化の検証も兼ねて実施されたため、領内だけでなく、他領からも大勢の大工が手伝いに来ており、そのお陰もあって異常な速さで建ったのだ。建築後の安全点検の方が、慎重に時間をかけて行われたほどだった。

「あれは凄い建物ですなあ。このお屋敷より広く感じますし」

「雨の日でも、濡れずに買い物が楽しめるようにと考えたらしい。あれは良い。私がこの公爵領の跡を継いだら、町全体を見直したいと話したのだが、他にも色々と案をくれたよ。今から楽しみだ」

フィルズも個人的にセルジュへの協力は惜しまないと約束している。だからこそ、フィルズがこの公爵家から縁を切ろうとしていても、寂しくはない。

「母上が大人しくなったこともある。これで、私も気兼ねなく遊びに行けそうだ」

「その時はお供しましょうっ」

「食事狙いでしょう?」

「バレましたか」

フィルズの作る食事に魅了された者は多い。きっと、毎回楽しい食事会になりそうだと笑った。

◆　◆　◆

フィルズとクラルスは、この日公爵邸を出る。

「それじゃあ、カナル。父上が帰って来られた時には、その鞄ごと渡してくれ。俺と母さんの今までの養育費と滞在費が入っている。それと、こっちが母さんの離婚届。こっちが俺の絶縁状だ。どちらも後は父上の名前を書いて出すだけになっている」

「「……」」

見送るのは、公爵家本邸の家令のカナルと、フィルズの異母兄のセルジュだ。二人とも、それを手渡されて戸惑っていた。

カナルなど、明らかにマジックバッグと分かる鞄を手に、言葉もなく震えている。

「いや、フィル……絶縁状は必要ないと思うんだが……」

セルジュは青い顔で『絶縁状』と書かれた書類を見つめる。あるとは聞いたことがあっても、実際に目にする者はそうそういないだろう。これは国に届ける正式な書類だ。

離婚することでクラルスは平民、流民に戻る。ならばフィルズも自分の貴族籍は抜いてもらわないといけないと思い、用意したのだ。これで彼もただの冒険者になれる。

「ああ、もちろん兄さんには関係ないから安心してくれ。兄さんとはその……いつだって会いたい」

「っ、フィっ、フィルっ」

「っ……！」

ちょっと照れた様子で告白するフィルズに、セルジュは思わず抱きついた。

「に、兄さんっ……」

「絶対に、父上と母上から、君をっ、君達を守ってみせるよっ」

「あ、ああ……よろしく……？」

なんだか燃えているので、良しとする。

するとクラルスがニコリと笑いかけた。

「セル君。フィルもこう言ってるし、いつでも遊びに来てね。家出したくなったら、うちにおいで？　フィルねえ、セル君用のお部屋も用意してるのっ」

「ちょっ、母さん！」

「っ、フィルっ。行くよっ。必ず！」

「ああ……まあ、その……無理しないようにに」

フィルズが家を出ることで、次期公爵としての重圧は完全にセルジュ一人に掛かってしまう。それに潰されないかと心配になった。

加護刺繍の力があるとはいえ、母親であるミリアリアの本質は変わっていない。セルジュは今までのミリアリアの行いを見つめ直させようと奮闘（ふんとう）している。加護刺繍の効果で、彼女はすぐに耳を塞ぐような様子はない。病だと思われているため、ミリアリアの言葉にすぐに賛同してしまう侍女も少ない。妹のエルセリアも近付かせていないのだ。今は慎重に事を進めているらしい。

きっとセルジュならば、ミリアリアからクラルスにいつか謝って欲しいとも思っているだろう。だから、思い詰めて閉じこもってしまわないように、新しい屋敷には、セルジュのための部屋も用意したのだ。

公爵家から出ても、フィルズにとってセルジュは、大切な兄なのだから。

「じゃあ、また。カナルも無理するなよ」

「っ、は、はい……どうかお元気で」

「元気でね。クラルス様も」

「バイバイ、セル君、カナルさん。またね～」

そして、公爵邸の離れの屋敷には、誰もいなくなった。

公爵邸からのんびり歩いて十分。教会の前を通り過ぎて二分と掛からない場所に、その建物群はあった。

門は魔導具による開閉式。特別な鍵が必要になる。

そこを開けて中に入ると、左手には馬車や馬を停められる駐車場として作ったロータリーにもなっている場所があり、そこから『動く歩道』によって、奥まで行けるようになっている。もちろん、普通に歩ける道も作ってあった。

商店街のように両脇に各種店が並び、アーケードになっているから雨の日も問題なく歩き回れる。この屋根も稼働式で、晴れの日は開けることも可能だ。

フィルズ達の住居となる屋敷は一番奥だ。二階建ての横に広がる屋敷の一階は、各種研修所や作業場が入っており、地下には全ての売上を管理するための、大きな金庫がある。二階がフィルズ達の居住空間だ。もちろん、フィルズとクラルス専用の工房もある。そこには、神達が訪れることもあるためだ。

「何度見ても凄いわね……」

「いいだろ？」

屋敷の前でその建物を見上げてほうと息を吐くクラルスと、得意げなフィルズ。

建物は木の質感を大事にしている。その木はお馴染みの硬くて丈夫なトレント素材だ。落ち着いた雰囲気の屋敷になった。

「すっごくいい！　けど、こんな広い屋敷、管理する人とか雇わないといけないわよね……」

「ああ、掃除とか警備については、もう考えてある」

「へ？」

フィルズは、屋敷の鍵を開けて中に入ると、地下へ向かう。

「右手奥にあるのが金庫室。手前が在庫管理部屋だ。それで、左手にあるのが、警備・管理者室」

「管理者？」

ドアの横にあるパネルにフィルズが手を当てると、その扉は自動で開いた。中に一歩入ると、全ての電気がつく。

「うわあ……」

思わずクラルスが口を開けっぱなしにしてしまうほど、珍しい光景がそこにはあった。

一斉についたのは、壁一面にある液晶画面だ。そこには、各店舗の入り口と店内の様子、外壁沿いの数カ所の上からの様子や、馬車の駐車場の様子などの映像が映し出されていた。

これに見入っていたクラルスへ、フィルズが声をかける。

「母さん。こっち」

「え、あ、うん？　ん？　それ……なに？」

「これが管理者で、警備要員」

「これ……これって……フィルが作ってくれたクマ？　のあみぐるみ……みたいなんだけど……」

「クマのぬいぐるみだ。ちゃんとグランドビアの皮で作った」

「……これが管理者？」

クラルスも意味が分からない。フィルズが指差した先にいるのは、全長五十センチくらいの大きさの白いクマのぬいぐるみ。あみぐるみではなく、グランドビアというクマらしき魔獣の皮を使って作ったものだ。デフォルメされていて可愛らしいテディベアが立っていた。

「そうだ。ほれ、もうフリはいい。動いて挨拶だ」

《あいっ》

「っ、動っ、しゃ、喋った⁉」

手を挙げて、少し体を傾げてみせるクマに、クラルスは瞬きも忘れて驚く。

「ちょっ、か、かわっ、かわいい!!」

「だろ？」

《ありあとっ。『管理者ナンバー1』ほわいとでしゅ！》

「ホワイトちゃん！　可愛いっ。クラルスよっ。クーちゃんって呼んでね？」

《くーたん。よーしくっ》

「よろしくっ!!　なに、これほんとに可愛いっ。舌足らずなとこもイイ！」

飛び上がって喜ぶクラルスに、フィルズは苦笑する。

「孤児院の子どもの声を入れたんでな……俺の声だとちょっと違和感が凄くて……」

可愛らしい見た目のクマに、自分の声というのが、どうしても無理だったのだ。そこで、孤児院の子どもに協力してもらったというわけだ。

「学習する人工知能のプログラムを入れてあるから、その内に言葉ももっと覚えていくんだ。今は二歳から三歳児くらいになってる」

「知能？　あっ、そういえば、なんだか難しい話をアクラス様としていたのよね？　古代の警備ロボ？　がなんとか……あとキュラス様と相談するとか言って……これがそれ？」

過去の転生者達の遺産の一つ。それが人工知能を搭載した警備やお世話をするロボットというか、魔導人形だ。当時はメイド型が主流だったようだが、それよりこちらの方が作りやすいと試作も兼ねて作ってみると、思いの外気に入ってしまったのだ。

「ああ。それで、母さんにも手伝って欲しいんだ。この体を作るのを。とりあえず、十体」

「いいわよ！　任せて！」

「よし、なら、俺はこいつらの魔導核（かく）を作るからその間に頼む。仕様書はこれだ。工房に色んな色の毛皮を用意してるから、好きに使ってくれ」

「分かったわ！」

　そして、三日後にはクマのぬいぐるみが十体出来上がった。それら全てが動き、話すようになり、警備体制も整う頃、フィルズの父であるリゼンフィアが、慌てて屋敷へと戻ってきたのだ。

ミッション③　言いたいことは言わせる

　ようやく男爵家から始まった悪夢から解放され、一息ついた頃。王宮のリゼンフィアは領地の報告書と息子から来た手紙を確認しようとしていた。そして、次の瞬間、衝撃のあまり椅子を蹴倒しながら立ち上がる。

「ん？　ちょっと、どうしたの？」

　タイミングを見計らったように、部屋を訪れたラスタリュートが、ドアを開けて目を丸くした。

「っ、フィ、フィルズが……クラルスと……っ、屋敷を出ると……っ」

「へ？」

「……今までの手紙の返事もなかったから、私が了承したものとすると……っ、て、手紙っ……フィルからのっ……っ？」

　リゼンフィアは、かつてないほど取り乱していた。どれほど追い詰められようと動揺する姿など見せないリゼンフィアが、本気で取り乱しているのだ。ラスタリュートも落ち着かせようと慌てる。

「リゼンっ、落ち着きなさいっ。他に、何か状況が分かる報告書はないの？　カナルとかからとか」

「え、あ……セルジュから……」

それを立ったまま読み進めるリゼンフィア。

しばらくして、ふらりと体が揺らぎ、倒れる前に慌てて机に手をつく。

「ちょっ、大丈夫っ？」

「あ、ああ……どうやら……ジェスがフィルの手紙を処分していた可能性がある……フィルとクラルスについての報告も……嘘だったかもしれん……っ」

「あ～、やっぱり？」

「やっぱり……とはなんだ。お前……何か知っているのかっ」

リゼンフィアは、ゆらりとラスタリュートに詰め寄っていく。

「ほら、この前、あんたとこの領に行ったでしょ？　その時に、クラルスちゃんを見た気がしたのよ。クーちゃんって騎士達に呼ばれてて。で、そのクーちゃんと帰って行ったのが、多分フィルズ君じゃないかなって。めっちゃそっくりだったし」

「……」

「ただ、騎士達に聞いても、知り合いの親子だとしか言わないのよね。クラルスちゃんも、その辺の町娘の服装だったし、フィルズ君なんて、冒険者みたいな格好だったわ」

「……」

リゼンフィアはソファに座り込んだ。そして、頭を抱え込む。

「……ずっと病気だと……っ」

「あ～、ねっ。でも、帰った時にカナルとかに確認しなかったの？」

「……変わりないと……聞いていた……」

「それは……どういう状態から変わりないのかによる答えよね……手紙で知らせたことになっていたかもしれないわ」

「ああ……」

今なら分かる。カナルは確かに言っていた、『フィルズ坊ちゃまが、お会いしたいと……』と。これに、病気で伏せっていると思い込んでいたリゼンフィアは、当然会うべきではないと考える。病気で気が弱った子どもが、親に会いたがっているだけだと思ったからだ。それに加えて、公爵として立場あるリゼンフィアが会うことは良くないという常識が邪魔をした。

「まったく……ほら、何してるの。早く陛下に帰領することを伝えて、さっさと行って来なさい。代官にも言うことあるでしょ。虚偽報告していたようなものなんだから、注意しないとっ」

「っ、行って来る」

「急ぎなさ～い」

そうして、いつも冷静沈着な宰相が、国王へ急ぎ帰領することを伝えに走った。それを見た者達が、何事かと身構えたのも無理はない。

馬車を飛ばして、三日後。領都に戻ったリゼンフィアは、活気溢れる人々の様子に訝しむ。王都より遥かに賑やかな声が響いているように思えた。

「一体何が……っ、この匂いはあのパンの……っ、それに……あの水筒は……」

芳しいパンの匂いと、笑顔で町を行く冒険者達の腰にかかっている、シックなデザインの水筒に見覚えがあった。それは、ラスタリュートが持っていたものと同じだ。人によって、目印として独自のマークを書くのが流行っているらしい。その水筒は魔導具で、中に入れたものの温度を変えられるという。

いつでもすぐに温かいお茶が飲めるし、そこにスープを入れて持って行けるというのも聞いている。あまり物欲のないリゼンフィアさえ、自分から欲しいと思ったものだった。一緒に売っているという一杯のお茶を淹れられるティーバッグも是非とも手に入れたいものだ。

「一体、いつから……」

水筒は、冒険者のほとんどが持っているように見えた。

そんな中、見回りの騎士に目が留まる。子どもが集まってくるその様子を何とはなしに見つめ、騎士の傍らにいるモノを見て思考が停止した。

「……っ、魔獣……犬？」

通り過ぎてもう見えない。けれど、何かおかしなものがいた気がしてならなかった。

「……いや、気のせいか……」

この時はそう片付けた。

そして、屋敷に到着したリゼンフィアは、ミリアリアに気付かれる前にと、真っ先に離れの屋敷に向かった。しかし、全く人の気配の感じられない屋敷に、その前で呆然と立ち尽くす。そこへ、カナルが駆けつけて来た。今回は先触れもない突然の帰省だ。彼も驚いていた。

「旦那様っ、お帰りなさいませ。なぜこちらに……」

「どこだ……？」

「……クラルス様とフィルズ坊ちゃんでしたら……数日前に出て行かれました……セルジュ坊ちゃま立ち会いのもと、お話がございます」

何をしにリゼンフィアが戻ってきたのか、カナルは正確に察した。

「……聞こう……だが……ここにセルジュを呼んでくれ。くれぐれも……」

「ミリアリア奥様には気付かれぬようにですね。承知いたしました」

カナルはすぐにセルジュを呼び、離れの屋敷の中で向き合うことになった。

「お帰りなさいませ、父上。そのご様子ですと、フィルの手紙をお読みになられたようですね」

「ああ……よく教えてくれた」

セルジュの機転によってジェスの虚偽報告が明らかになったのだ。リゼンフィアは少し頭を下げて礼を伝える。

「っ、いえ……もっと早く気付くべきでした。フィルが何度も手紙をカナルに手渡しているのは見ていたのです……」

「旦那様っ、確認せず申し訳ありませんでしたっ。直接確認していればこのようなことには……っ」

「いや、私もジェスを信用していた。疑わなかった私が悪い。それより、フィルのこと……クラルスのことを聞かせてくれ」

「はい」

セルジュとカナルは、これまでのフィルズとクラルスの生活ぶりを全て話していった。そして、次第にリゼンフィアは頭を抱えていく。

「っ、まさか……メイドの交代の理由がそれとは……っ」

看病によって体調を崩し、職を辞したものと思っていた。それが、ミリアリアによって指示を受け、フィルズやクラルスに毒を盛り、それを看破されての解雇だと、誰が思うだろうか。

「フィルズとクラルスは……無事なんだな？」

「はい……寧ろ、フィルズは『色んな毒の耐性をつけられた』と笑っていました……強い子です」

「それは……っ」

リゼンフィアは、幼いフィルズしか見たことがない。ずっと隔離されていたのだ。クラルスとも、十年近く顔を合わせていなかったのだと、改めて思い至る。

「今二人はどこにいる」

「……その前に、コレをお渡ししなくてはなりません……」

そうしてリゼンフィアの前には、セルジュがフィルズから預かったマジックバッグとクラルスの離婚届。そして、フィルズの絶縁状が並べられた。

リゼンフィアはそこに書いてあるものを理解することができなかった。

「あの……父上……？」

「旦那様……っ」

その顔は真っ青で、セルジュとカナルの方がどうしようかと戸惑う。説明がしたい。こんな顔をしていても、話は聞いてくれるだろうと、セルジュは改めて口を開いた。

先にリゼンフィアの目を離婚届や絶縁状から離さなければと判断した。そうでなくては、いつまで経っても説明ができない。

「父上……その、こちらは、マジックバッグです。そのバッグごと、中身も全て父上へお渡しするものだそうです。今までのこちらでの滞在費と養育費だとフィルとクラルス様から預かっておりました。中には、白金貨三十枚ほど入っております」

「っ、さっ、三十枚⁉　これに⁉」

ちゃんと聞いていたなと安心したセルジュは、頷いて続けた。確かに、白金貨三十枚もの大金が入るような大きさではない。マジックバッグとしての性能も、一般的とされているものより高いだろう。

「はい。足りなければ、あと十枚は用意すると聞いています」

「いやっ、そんなっ、多過ぎるっ。何より、なんで払うんだ⁉」

「手切れ金だとフィルが……」

「っ、手切れ金……っ」

一層、悲愴(ひそう)な表情になったリゼンフィア。だが、そこは宰相。なんとか思考を復活させようと、問いかける。

「ク、クラルスは何か……言っていたか？」

「ええ。あの……『顔も忘れたし、今更だけど届けは出さないとね〜♪』と言われまして、その結果がコレかと……」

「……顔を……忘れた……」

声が震えていた。

セルジュは、フィルズの言葉もどう伝えようかと迷う。そして、思わせぶりな言い方をしてみた。

「フィルも同じようなことを……その……いえ、何でもありません」

「構わんっ。言ってくれ」

「はあ……では……『親父って、本当に存在してるのか？』と……すっ、すみません父上っ」

「…………」

リゼンフィアはショックのあまり真っ白になっていた。こんな父をセルジュは見たことがない。内心ちょっと面白いと思っているのだが、表情には出さないように気を付ける。

今までのフィルズやクラルスへの対応を思えば、こんな仕打ちなど可愛らしいものだ。この演技は、実はクラルスに仕込まれた。これから貴族としてやっていくならば、必要になるからと教わったのだ。

「それで、その……クラルス様が平民に戻るならば、フィルも貴族籍を抜けたいからとコレを用意したようで……」

「っ、クラルスとは離婚しないっ。フィルも私の子だっ」

「……はあ……」

泣きそうな様子の父を見て、セルジュはこうはなりたくないと心底思った。何より少し苛ついた。

そして、本音が出る。

「……父上、それならば、母上をどうにかしてください。私としましては、あのような毒にしかならない存在こそ、離婚してどこかへやって欲しいです。ついでにアレに毒された妹も」

「……セルジュ……？」

セルジュも限界だった。クラルスに言われて、自分も必死で公爵家の跡取りとしての仮面をしていたのだと気付いた。フィルズ達と一緒にいる時、その時だけ自分でいられたのだ。それに気付いたら、もうダメだった。自覚しないようにと、母や妹を疎ましく思わないようにと我慢していたのに、父の情けない姿を見て、どうでも良くなった。

「クラルス様の加護刺繍の効果により、母上も今は話が多少通じます。どうぞ、話をつけてきてください。あの女が、額を土に擦り付けて、クラルス様やフィルに謝れるようにしてください。そうでなくては、私も許せない」

ミリアリアがいなければ、もっとフィルズとクラルスと過ごす時間があったはずだ。セルジュは、それを考えずにはいられないのだ。その思いが口からこぼれ出す。

「アレに時間をかけて他人の気持ちを教えるなんて……バカバカしい。時間の無駄です。そんな時間があるなら、私はフィルやクラルス様に会いに行きます」

「……っ……」

セルジュの表情から、感情が抜け落ちた。怒りのためだ。セルジュはずっと大人びて見えていたが、十五歳の少年だ。これまでずっと色々と我慢してきた。

そのことに今更ながらにリゼンフィアは気付いたのだ。自分がミリアリアから逃げていた間も、ずっとセルジュはその側にいた。任せ切りにしていた。息子に甘え過ぎていたと反省する。

「……セルジュ……っ、分かった。その……話がつくまで……」

部屋にいてくれとリゼンフィアは言おうとしたのだが、その前にセルジュは決然と告げた。

「フィルの所に行っています。カナルはすまないが、立ち会ってくれるか？ あと、この後来られるヴィランズ団長にも頼もう。万が一母上が暴れたりしたら、遠慮なく取り押さえてもらってくれ。『セルジュが許した』と言ってくれればいい」

「はい。承知いたしました。旦那様、それでよろしいですか？」

「あ……ああ……すまない……」

セルジュは、立派にこの屋敷をまとめていたのだと、リゼンフィアは理解した。

その後彼は、ミリアリアと話し合うため、本邸の方へと向かった。せめて、これ以上息子に愛想を尽かされないように努力しなくてはならない。

◆　◆　◆

セルジュがフィルズとクラルスの新しい屋敷にやって来たのは、昼食を取ろうという時分。騎士によって送り届けられた。

「兄さん。どうした？」

「うん……父上が帰ってらして……母上と話をするというから、任せて出てきてしまった」

「へえ……」

なんだか疲れたような表情をしているセルジュに気付き、フィルズは色々と察した。

「言いたいこと、言えたか？」

「っ、うん……思わずね。自分でも驚いた……」

「そうか……入ってくれ。ただ、そうなると……応援を呼ぶか」

「応援？」

フィルズはセルジュを屋敷に招き入れる。そして、セルジュを連れて二階へ上がっていく。その間に見えるのは、各部屋に荷物を運ぶクマだ。

クマ達が、自分達より遥かに大きく重いはずのタンスなども、なんてことないように持って歩いていく様は、異様だった。

「ねえ、フィル……あれはなに？」

「ん？　ああ、魔導人形だ。俺も母さんも、人に世話をされるとか好きじゃなくてな。それならと思って、作ってみたんだ。警備も戦闘もできるから、兄さん用のも一体用意してるぞ」

「そういえば、研修？　とか言って騎士達が、奇妙な魔獣を連れて歩いているって噂が……」

ここ数日、戦闘や警備の仕方を魔導人形に教えるため、最後の調整として騎士達の仕事にクマを同行させているのだ。お陰で、見回りの騎士達に町の子ども達が集まっていくらしい。面倒見の良い騎士が多いので、実に楽しそうにしていると聞いている。そして、更には、からかってくる冒険者達と組み手をするようになったらしい。挨拶代わりにクマと組み手をする冒険者達が増えたと聞いてフィルズが眉根を寄せたのは二日前だ。

だが、フィルズが十分に戦闘については教え、調整していたため、現在クマ達の全勝中らしい。ぬいぐるみに勝てなかったということで、鍛え直そうと、連日ギルドの訓練場へ駆け込む冒険者が増えているとも聞いていた。とりあえず、苦情は来ていないので良しとするフィルズだ。

「ん？　私の分もあるのか？」

「ああ。ただ、母さんの趣味でウサギになったけどな……」

「……ん？」

二階にあるフィルズとクラルスの工房室。そこを開けると、中にいたクラルスに声をかける。

「母さん。なんか親父が帰って来てるらしい。ミリアリア様と話をするんだと」

「へぇ〜、やっと？　今更〜あ？　ん？　セル君だ〜。逃げてきたの？」

「あ、はい……その……父上に色々と不満をぶつけてしまいまして……」

恥ずかしそうにするセルジュに、クラルスは作業の手を止めて歩み寄る。そして、頭を撫でた。

「いいのよお。セル君はいい子過ぎるもの。言いたいことは言わないとね」

「っ、はい……」

セルジュは、クラルスの前だと十五歳の少年らしい顔をする。

「何発か殴ってやっても良かったのよ？」

「いえ……そこまでは……」

「そう？　フィルなら……」

「歯か鼻の骨は折ってる」

「わね」

「……折っ……」

冗談だよなとセルジュはフィルズの顔を見るが、至って真面目な顔をしたフィルズに、ほんの少しばかり父親に同情した。

「ふふっ。あっ、セル君のうさちゃん出来てるのよっ。見てっ」

「母さん待て。昼を用意してあるから、兄さんと食べててくれるか？　俺はちょっと、応援を呼んでくる」

「応援？」

「ああ、そろそろ伯爵領までくらい来てるはずなんだ」

「よく分からないけど。分かったわ。セル君お茶しよ～」

「あ、はい……フィル……」

「大丈夫だ。兄さんが早く屋敷に帰れるようにするだけだ」

「……うん……」

よく分からないという顔をするセルジュ。フィルズが説明していないから当たり前だ。とりあえず連れてくるからと言って、フィルズは屋敷を飛び出した。

フィルズがそのまま町を出て伯爵領の方へ駆けていれば、森の中にいたビズが現れる。
「ああ、すまん。伯爵領までだ」
《ヒヒィン!》
「ありがとなっ」
ビズは角に着けた魔導具を発動してすぐに馬具を出し、フィルズが飛び乗る。そして、固有の魔法を展開し、翼を出現させた。
《ヒヒィインっ》
「さすがビズ。頼りになるよ」
《ブルルっ》
伯爵領までなら、飛んだ方が早いとのことだ。しばらく飛んでいると、目的とする者達が、伯爵領の手前の野営地で、昼の食事をしているところを見つけたのだ。
「いた。ビズっ」
《ヒヒィイン》
そこに舞い降りるビズ。これには、そこにいた者達が慌てて立ち上がって武器を構える。貴族の一行らしく、護衛も十数人ほどの騎士達で固めている。
「おおっ、フィルか?　フィルだなっ。これっ、武器を下ろせ」

「うわあ、もしかして守護獣？　さすがフィル君だっ」

警戒する騎士達を宥めながら興奮して出てきたのは、まさに騎士達が護衛する貴族二人。

「ん？　トラじいちゃんだけじゃないのか？　バルト兄も？」

フィルズが応援として来て欲しいと思って手紙を出した相手は『トラじいちゃん』だった。だから、もう一人その息子がついて来るとは思わなかったのだ。

「えっ、酷いっ。私だってミリーには言いたいことがあるんだよっ。セル君にだって頼られたいんだっ。父上だけ呼ぶとか卑怯だよ！」

「……だって、煩（うるせ）えし……」

「今の何⁉　煩（うるさ）いとか言わなかった⁉　酷い甥っ子だよっ」

「いや……俺、ミリアリア様の血引いてないし……」

「リゼンの息子なら、私の甥っ子だよっ」

「……」

「頷いてっ。あっ、めちゃくちゃ冷たい目……やばい、ゾクゾクするよ……っ」

「……変態か……」

相変わらず煩い変態だというのが、『バルト兄』に対するフィルズの認識だった。

「落ち着かんかっ。まったく、フィルにだけなぜこうなんだ？　女嫌いを拗（こじ）らせ過ぎたか……」

「悪いの誰だよ」

「ワシだな……すまん……」

この変態の責任は親にある。彼はトランダ・ラトル・カールト前侯爵。ミリアリアの父親だ。そして、息子のバルトーラ・ラト・カールト現侯爵。名の間に入れる『ラトル』は、先代当主の証。『ラト』は現当主のみ入れるものだ。二人のことは、以前フィルズが冒険者としての仕事の折に、魔獣に襲われているところを助けた縁がある。

それからは仕事で侯爵領へ行くと、なぜかすぐに彼らに伝わり、食事だなんだと付き合うようになった。どうやら、クラルスのことも知っていたようだ。ミリアリアは気が強く、そこの第二夫人となった気の毒な子というのが、トランダ達のクラルスへの印象。よって、罪滅ぼしのように、クラルスに似ているフィルズを何かと構っていたのだ。

半年ほど前に、トランダの妻、ミリアリアの母にフィルズが少々難癖を付けられ、それにより夫婦で大喧嘩になった。ミリアリアの母は、ミリアリアと考え方がそっくりだった。結果としては、現在は屋敷で謹慎中。ようやく落ち着いたところらしい。フィルズは自分がリゼンフィアの息子であることをこの時に告白していた。

そして今回、セルジュを一人にしてしまうことを気にしていたフィルズは、ミリアリアの様子が変わったこともあり、手紙を送ったのだ。今ならば話が通じるからと。きっと、甘やかすばかりだった親から叱られるのが、一番効くだろうからと。

「……娘は甘やかし過ぎ、妻は放置……これ、貴族では当たり前なのか？　それで女嫌いが出来上がって……大丈夫か貴族……」

「それ、今更ながらに思うわ……マズいよなあ……」

トランダは、現役を退いたことで、ようやくこの頃色々と家族のことが見えてきたらしい。当主として頑張っていた時は、それが当たり前だったのだ。

だが、第三王子の一件など、その原因をよくよく考え、先日は王にも進言している。貴族の教育そのものがマズいのだと気付いて指摘したのだ。

バルトーラが身を乗り出してフィルズに近付く。

「フィル君も貴族じゃんっ。一緒にどうにかしようよっ」

「あ、俺、親父に『絶縁状』渡したから、貴族籍からは抜けるつもりだぞ」

「「なんだって⁉」」

「それより、急いでくれないか？　親父だけだと、更に拗れそうで面倒なんだけど」

そうして、二人を半ば強引にビズの背中に乗せて、後から来るようにと護衛達を残し、公爵領都へ向かったのだ。


せっかくだから、ビズに屋敷を見てもらおうと思い、侯爵家の二人を乗せたままフィルズは町に入った。

だが、やはり目立つ。

「あっ、姐さんっ、ちわっす！」

《ブルルっ》

「姐さんっ。ご苦労様です！」

《ブルっ》

なぜかビズに挨拶する冒険者達が多かった。直角に、しっかり頭を下げての挨拶だ。

「……何してんだ……」

「な、なあフィルっ。あ、姐さんにその……差し入れって……ダメか？」

「……もじもじすんなよ気持ち悪い……はあ……果物系は好きだぞ……」

「っ、果物だなっ！　果物だってよ！」

「「「「おおっ」」」」

「……なんだこれ……」

急げとばかりに、冒険者達が散っていく。どうやら果物を買いに行ったらしい。クマの一件でもそうだが、妙に冒険者達が元気だ。

「……まあいいや……害はないだろ……」

あっても、ビズなら微電撃を出して追い払うはずだ。これにより、冒険者達がある意味で更に喜ぶことになるのだが、そんなことはフィルズに予想できない。

公爵邸の前まで来ると、トランダとバルトーラを下ろす。

「じゃあ、トラじいちゃん、バルト兄、頼んだ。兄さんが気持ち良く帰れるようにしてくれよな」

フィルズの目的はただ一つ。父親とかどうでも良い。セルジュが負担なく気持ち良く帰れる場所にして欲しいだけだ。

セルジュ自身も、もう母親のミリアリアにはうんざりしているのだ。このままでは、バルトーラのように女嫌いになる。因みに、バルトーラは未婚だ。母親が彼の婚約者のことごとくを嫌味で返り討ちにしたらしい。女嫌いな彼は結婚を望んでいないので、都合が良いとのこと。いずれ、教会からでも養子を取るつもりだと聞いている。寧ろ、フィルズを息子にと密かに狙っていた。

「えっ、フィルは来んのか？」

「フィル君はどうすんのっ？」

「……自分の屋敷に帰る。カナルは知ってるから、終わったら来てもいいぞ」

「「屋敷⁉」」

「ああ……じゃあな」

カナルがすっ飛んで来たので、大丈夫だろうと、手を軽く振ってビズと歩き出す。振り向くと、冒険者達もついて来ていた。この人数では屋敷に入り切りそうもない。

「……はあ……ビズ達用の庭を開放するか」

《ヒヒィイン……》

「いや、迷惑じゃないよ。元々、ビズやエン達が遊ぶ用に、庭を用意してあるんだ。地下に寝床もあるし、安心して眠れるぞ」

《ヒヒィインっ》

「気に入らんヤツらは、痺れさせてくれていい。捨てて来てくれるのがいるから、存分にやれ」

《ヒンっ》

魔導人形のクマはそこでも活躍することになるだろう。

◆　◆　◆

一方、フィルズに置いて行かれていじけそうになっていたトランダとバルトーラ。しかし、カナルが来たことで、態度を改める。

「っ、これはっ。カールト侯爵様っ！　先代様までっ」

答えたのはトランダだ。

「確か、カナルだったか。ミリアリアが迷惑をかけていると聞いて参った。会わせていただけるか？」

「はっ、はい！　ただいまっ。こちらへどうぞ」

「うむ。邪魔をする」

「失礼する」

バルトーラは、フィルズがいる時に見せていた表情豊かな様子から一変する。そして、トランダと並んで、真面目な顔でカナルの後に続いた。そのままカナルへ問いかける。

「ミリアリアの様子はどうだろうか」

「……今は旦那様が、フィルズ坊ちゃまやクラルス様へ毒を盛ったことを問い詰めておられますが……口を閉ざしたまま一向に……」

「はっ、アレが少々大人しくなったところで、自分の非を認めるはずがない。母上にそっくりだ」

「バルト」

吐き捨てるようにこぼすバルトーラに、トランダが注意するが、特に気にすることはないようだ。ふんと鼻を鳴らしただけだった。

さすがに旅装のままではということで、部屋を用意されて二人は旅装を解く。そして、一息ついたところでミリアリアの部屋に案内された。

部屋は、ドアが開け放たれており、そこから聞こえたのは、涙ながらの彼女の言い訳だった。

「あなたがっ。流民の女など連れて来るから悪いのですっ。なぜ、わたくしを大事にしないのですかっ。わたくしは、愛されるべき女なのですよっ。あんな女やその子どもなど、わたくし達のように、生まれながらの貴い存在と並べられるものではありませんっ」

「「……」」

これはダメだとトランダはため息を吐く。部屋の中でリゼンフィアも頭を抱えていた。

何を言っても無駄。トランダは妻を思った。同じように言い訳をして、第二夫人として迎えた人を、若い頃に死なせてしまっていた。多くの貴族達は、同じ状況だ。

貴族の女性達は、とにかく貴族の血を残すことが重要だと教え込まされる。そうすることで、国を支えているのだと。愛する人に愛される幸せな一生が送れるのだと。そうでなければ、失敗と認識される。

これは男性でも同じだが、失敗など貴い存在として在る自分達には許されないと思い込んでいる。そう、父から息子へ、母から娘へとその生き方は受け継がれてきたのだ。

バルトーラは、自分は悪くないのだと泣く妹のミリアリアを見て、思いっきり顔を顰めた。不快だと示してみせる。声もフィルズと話していた時とは全く違った。

「お前は……いや、お前達貴族の女は、くだらない生き物だ。いつだって、『愛されて当然』という顔をする。『自分は誰よりも貴い』と嘯く。『自分の考えは間違いない』と思い上がる。『誰よりも努力しているのだ』とこれ見よがしに訴えてくる……」

自分は誰よりも努力して、立派な令嬢になるのだと思い、幼い頃からそうして生きる。自分こそが一番。誰よりもと偉そうにする。彼女達にとって、オシャレもできない平民は、努力の足りないバカな生き物なのだ。そんな存在がいるから、余計に思い上がる。それが、バルトーラが今まで生きてきて知った貴族令嬢達の生態だ。

「っ、お兄……さま……っ？」

ミリアリアは、そんなことを言う兄など知らなかった。だから、最初は兄だとさえ気付かなかったようだ。ミリアリアにとって、兄のバルトーラはリゼンフィア同様に、自分の存在を認めて当然の存在だったのだ。

バルトーラは、これまでミリアリアにはほとんど何も言ってこなかった。言っても無駄だと思っていたからだ。しかし、少し前に母とも向き合ったことで、思ったのだ。無駄でも言わないよりは良いと。

「いい加減にしてくれ。見苦しい。お前達の言葉は聞きたくない。そろそろ理解しろ。お前自身は、お前がバカにする民達よりも何もしない、何もできない、何の役にも立たない存在だ。寧ろ害しかない。『貴い血を残せる者だから貴族令嬢は、大事にされるべきだ』と私達も教えられるが……本当にそうか？　腐った血を増やしているだけではないか？」

「バルトーラ……？」

忌々しいとその顔にはっきりと浮かべ、バルトーラはミリアリアの前に立った。リゼンフィアが戸惑う。だが、それ以上声は出なかった。バルトーラの気迫に呑まれたということもあるが、何よりも自分の思いが代弁されていると思ったからだ。

同じように、立ち会うためにこの場に控えていたヴィランズも黙ったまま。成り行きを見守っていた。止める者などいなかった。

「お前達貴族の女に、どれだけの子どもと他の愛されるべきだった夫人達が殺されてきたか知っているか？」

「っ、な、なに言って……っ、お兄さまっ？」

ミリアリアは怯えていた。今までは聞く必要がないと判断すれば、すぐに耳を塞ぎ、味方する侍女達に慰めてもらって、自分を正当化してきた。

けれど今、全ての言葉が突き刺さってくる。耳を塞げずにいた。【精神安定】の加護刺繍の影響だ。強くかかったその影響が、落ち着けと無理やり内側から宥めにかかる。耳を塞ごうとする度に、聞かなくてはと冷静な部分がそれを妨げる。呪いのように、強くそれはミリアリアの心を無理やり立たせていたのだ。

「貴い血を残すと言うお前達が、それを殺しているんだぞ！　誰が貴い存在だ！　この人殺しめっ。お前達などっ、お前などっ、生きる価値さえっ」

「やめろ」

「っ‼」

決して大きな声ではなかった。だが、その声はなぜか誰の耳にも届いた。そこに現れ、制止の声をかけたのはフィルズだったのだ。

◆　◆　◆

フィルズはビズに庭を案内し、ついて来ていた冒険者達を仕方なく屋敷の敷地内に招き入れた。

「すげえ……ここ……マジでフィルのだったのか……」

「なっ、なあ、ここ、店が並ぶんだろ？　俺らも来ていいのか？」

クマを呼び寄せると、フィルズは屋敷の方に向かう。そんなフィルズへ冒険者達が問いかけた。

これに振り向きながら答える。

「当たり前だろ。貴族のための店じゃねえよ」

立派な建物に気後れしているのは分かった。しかし、フィルズは庶民のための店のつもりなのだ。

誰よりも、冒険者達が持って役に立つ道具を売りたいとも思っている。

「それよりお前ら、ビズが嫌がるようなことするなよ」

「「「「当たり前だっ」」」」

「……」

《ブルル……》

冒険者達の貢ぎ物――買って来た果物――がビズの前に積まれていく。そこに、クマが駆け込んできた。フィルズはすれ違い様に声をかける。

「……はあ……こいつらの相手は任せた」

《あいっ。しつもんには、ボクがこたえるでしゅよ～》

「おっ、クマだっけ……」

「そうだった。喋るんだった……っ」

「あ、あの……お名前は……」

冒険者達は自分達より強い者には敬意を払う。国の英雄や功績ある元冒険者の貴族だなんだと、いつの功績を誇っているか分からない者達よりも、今の強さで判断するのだ。だから、彼らよりもこの愛らしいクマが上だ。

《『管理者ナンバー5』ぶるーな、でしゅ！》

はーいと返事をするように、体を少し斜めにして、精一杯右手を挙げる名乗り方は、クマ達の基本動作となっていた。クラルスが最初のホワイトの時に『これ可愛い!!』と絶賛したためだ。

因みに、昨日からクラルスがクマ達にも服をと言って、お洒落な上衣のジャケットを着せていた。ブルーナはくすんだ青の狼系の魔獣の毛皮で作られており、着ている服は鮮やかな水色の作業服のようなベストだった。

「っ、やばい……っ、これが『可愛い』か……っ」

「ううっ。胸が苦しいっ……可愛いって……罪だ……っ」

《ブルルっ》

《『しょーもな』？》

《ブルっ……》

クマ達は、核をフィルズが作り出した影響か、なんとなくビズの言葉が理解できており、通訳した。その後の『お礼でも言っておけ』というビズの言葉を受けて、ブルーナは頷いて、今度は万歳と両手を挙げる。

《あいっ。おれいする。ありあとっ！》

「「「可愛いっっっ!!」」」

《ブルル……》

『大丈夫かこいつら……』とビズは呆れた。

それを遠目で確認しながら、フィルズは屋敷に向かう。クラルスにも、ビズを会わせておきたい。

「……後は、夕飯何にするか……だな」

セルジュもいるし、考えないとなと呟く。そうして屋敷に入り、扉を閉めたその時。目の前に双子神が唐突に現れた。

「っ……トラン、ユラン……珍しいな……」

さすがに驚いた。陽のトランと月のユラン。昼と夜の神だ。二人とも見た目は二十歳頃。トランが男神で、ユランが女神だ。二人は、髪型が左右対称になっており、片側の横髪だけが斜めに切り揃えられていて長くなっている。

「……何かあったのか？」

「夫婦、兄妹、仲良くして欲しい」

「……ん……？」

「仲良く」

「……」

最初から意味不明だった。二人は会話が苦手だとは聞いていたが、切実に通訳が欲しい。誰を呼ぶべきかと考えていれば、扉が開く気配と同時に、背にご機嫌な声がかけられた。

「呼んだ？　呼んだでしょ？　フィル君っ。パパを呼んだよね!?」

「……何しに来た……」

神殿長が機嫌良く屋敷の扉を開けていたのだ。不法侵入だと追い出してもいいが、クマが無害と判断して案内してきたのだろう。それに、神殿長が用もなく来ることはない。それは分かっていた。

「何って、通訳欲しいかなと思って」

「……リザフトに頼まれたと正直に言え……」

「はい！　聞いて速攻で来ました！」

「……」

だろうなとフィルズは肩を落とす。

「なら通訳」

「任せて！」

「「夫婦、兄妹、仲良く」」

「フィル君とこでバトってるのを止めてって」

「……すぐに行く……」

神殿長の通訳も省略気味だったが、フィルズには伝わった。どうも公爵邸にいる大人達が揉めているらしい。まさかの身内の問題だったかと、うんざりした表情を浮かべるフィルズ。せっかくトランダ達に丸投げして来たというのに、任せ甲斐がない。

「ん？」

再び外へ出ようとした時。両肩を双子神がそれぞれ掴んだ。

「「送る」」

「あ、私も行きます」

「は？」

次の瞬間にはもう、フィルズは双子神と共に公爵邸の屋敷の中に立っていた。

「……まさか……転移……」

驚いていれば、少し先にあるドアの開かれた部屋から、それは聞こえてきた。

「お前達貴族の女に、どれだけの子どもと他の愛されるべきだった夫人達が殺されてきたか知っているか？」

「っ、な、なに言って……っ、お兄さまっ？」

「……バルト兄か……」

ミリアリアとバルトーラが言い合っているらしいと知れた。

「「言わせないで」」

「……何を……分かった……」

止めて欲しいと懇願（こんがん）する双子神の金の瞳。それを見つめた後、フィルズは部屋に足を進めた。

「貴い血を残すと言うお前達が、それを殺しているんだぞ！　誰が貴い存在だ！　この人殺しめっ」

「っ……これか」

直感した。足を早めて部屋を覗き込んだ。

「お前達などっ、お前などっ、生きる価値さえっ」

「やめろ」

「っ!!」

間に合っただろうかとミリアリアを見た。驚いて振り返るバルトーラと目が合う。酷い顔をしていた。

「バルト兄……その顔、鏡で見てみるか？」

「っ、フィル君……っ」

「はあ……トラじいちゃん。こうなるって分かってただろう……」

だから、フィルズは今回トランダがバルトーラを連れて来たことを気にしていたのだ。バルトーラの女嫌いは、かなり酷い。その原因が彼の実の母親とミリアリアだというのも聞いて知っていたから、心配だったのだ。絶対に火に油を注ぐことになると思った。

しかし、トランダにも思うところがあったのだろう。バルトーラに色々と吐き出させてやりたかったのかもしれない。だが、推定より文句の量が少々多かったようだ。

「すまん……ここまでバルトが溜め込んでいたとは……」

「まったく……バルト兄は連れて行く。頭冷やせ。余計にややこしくしてどうする。俺は忙しい」

言いたいことはあるだろうが、一方的にぶつけては自覚を促すこともできない。それでは、いつまで経っても平行線を辿るだけだ。

少しは頭が冷えたのか、バルトーラが頭を下げる。

「……ごめん……」

「俺に謝んな。はあ……夕飯どうしよう……」

「ゆ、夕飯⁉」

そう。双子神のせいでうやむやになってしまっていたが、フィルズは夕飯を何にするか考えていたのだ。

「そうだよ。今日は兄さんがいるから、母さんの食わず嫌いを克服させるチャンスなんだ」

「……どういうこと……？」

「あ？　いや、母さんは兄さんの前では良い顔したいらしくて、いつもは除けようとする野菜も、ちゃんと食うんだよ。どうせ食わず嫌いなだけなんだから食えるのに……面倒くせえ……」

結局は食べられるのに、いつもは食えと何度か勧めないと食べない。それが、セルジュやカナルと一緒だと、何も言わずに口にしてみるのだ。

「ごめん……それ、お母さん……？」

「……そうだけど……なんだよ……」

「……なんか……子どもの偏食に悩む母親みたいだね……」

「……」

フィルズにもその自覚はある。だが、聞きたくなかった。なので、さっさと話を変える。

「おい、神殿長。得意分野だろ。ここ頼んでいいか」

双子神によって転移させられた時、神殿長もきっちりくっついてきていたのだ。その場に留まったままになっていた神殿長を呼ぶ。そこにはもう双子神はいなかった。

「っ、フィル君が頼み事！　任せて！　パパって呼ぶ？　ってか呼んでくれたら頑張る!!　ほらっ、すぐに！　今すぐここ任されてあげるよ！」

「…………パパ……」

死んだような目を明後日の方向に向けながらフィルズは小さく呟くように吐き出した。神殿長はそれでも良かったらしい。

「っ!!　さあさあっ、少し落ち着いて、それからお話ししましょうね」

「……」

神殿長らしく表情も雰囲気もガラリと変え、ミリアリアの前へと歩み寄っていく。部屋の空気も一気に変わった。神殿長がこの場を完全に乗っ取ったようだ。これならば問題なさそうだとフィルズは判断する。

「……バルト兄……俺らは退場だ。行くぞ」

「分かったよ……失礼する」

「っ、フィっ」

「あなたは残らないといけませんよ？　ねえ……公爵……」

「っ……」

神殿長の声が低くなり、聞こえなかったが、誰かが自分を引き留めようとしたようだと認識しながらも、フィルズは構わずバルトーラを引き連れて部屋を後にした。

リゼンフィアが驚愕しながらも泣きそうな顔でフィルズを見送ったなんてことは、知りようがなかった。


バルトーラを連れて公爵邸の本邸から出るところで、唐突にそれは足下に現れた。

「っ、ラフィットっ……っ」

「……そういえば、実地訓練するんだったな」

両手のひらに乗るくらいの小さな白いウサギのぬいぐるみだ。クマのように二足歩行するものではなく、本物の兎の形をしている。この世界では『ラフィット』と呼ばれる野生の兎の姿。だが、こんな小さな個体はまず目にすることはないだろう。成体だとこの十倍にはなる。それ以降も大きくなるらしい。

この世界の野生の野獣は、魔獣よりは大人しいという程度で、かなり凶暴(きょうぼう)である。魔法のような特殊な攻撃を仕掛けてこないだけで、一般の人が手を出せば大怪我をする。体当たりに噛み付きなんて普通だった。時には魔獣とも戦わなくてはならないのだから、強くなって当たり前だろう。

そのウサギが少しだけ上体を起こして挨拶する。普通に愛らしい。

《ましゅたー。ごきげんよー。『影ナンバー０』『第一部隊長』らびー、でしゅ。これより『隠密情報収集研修』をおこないましゅ！》

「っ、喋っ」

フィルズは驚くバルトーラを手で制する。目を向ければ、無害だと分かったらしい。口を自分の手で押さえているが、肩から力が抜けたのは見て取れた。

クラルスがセルジュにウサギを作ったのを見て、フィルズはコレらを作った。セルジュ用の護衛ウサギの下に付けてもいいなと思ったのだ。因みに、クラルスの作ったウサギは、クマと同じく二足歩行できるぬいぐるみらしい姿だ。

フィルズは、次期貴族家当主であるセルジュのため、何ができるかと考えて用意した。何より、フィルズ自身の今後の活動で使えそうだと思っている。

「……報告は六時間ごとでいい。ヴィランズには悟られんよう気を付けろ。勘が鋭いからな」

《しょうちしました！『報告は六時間ごと』におこないましゅ。では、まいりましゅ！》

その号令と共に、シュンシュンと屋敷に向かって五つの影が飛び込んでいった。屋敷内で散らばる速さも尋常ではない。その上に、気配もかなり薄い。生き物ではないので尚更察知し辛いだろう。

そこにきて、移動の仕方も完璧だった。

一部隊の構成は五匹。第一部隊として作ったのは白い色をしているが、飾りとして付けている魔導具により、不可視の術がかかるようになっている。ただ、長くは保たないため、必要な時以外は発動させせない。それらの技術は、知り合いの元暗殺者に数日ウサギを預けて教えてもらった。クマもだが、リーダーとなる個体とその他は全てリンクしているため、術を習うのは一体だけでいい。

「……ヨウル爺ちゃん……かなり気合い入れたな……」

その人は元とはいえ暗殺者だが、今は悠々と隠居生活中だ。三つほど離れた国の皇族に仕えていたらしく、腕は確かだった。嬉々としてウサギのぬいぐるみに教え込む元凄腕の暗殺者の姿は想像できないが、今回の男爵家から始まる騒動の関係で、他の貴族家への内部調査に参加していたのだ。この機会を逃すわけがなかった。

「……フィル君……今の……」

「俺の作ったものだ。気にしなくていい。それより反省しろよ。バルト兄も貴族なんだから、遠回しに自覚を促す話し方くらいできるだろ……」

「……ごめん……」

「言いたいのは分かるんだけどな……大体、きちんと座って、話をするならともかく、立ったままとか……いくら毒女相手でも、普通に女性に失礼だろ。寄ってたかって、男が上から物言ってどうするよ。それが身内でもな」

「あ……」

バルトーラも、すぐにカッとなってしまったため、そういった配慮もできていなかった。女嫌いであっても、紳士の教養として、女性への対応の仕方は分かっているはずなのだ。

この国の多くの貴族男性は、同じような事情で女性嫌いが多い。けれど、それが表に出るかといえば違う。寧ろ、隠せることも貴族として大事だとされているのだ。

「さてと……じゃあ、頭冷やしがてら、買い物に付き合ってもらうぞ」

「っ、いいの⁉　いつもは一緒だと嫌がるのにっ」

「……知ってて誘ってたのかよ……」

「い、いやあ～、ははは……」

「……」

じっと見つめるフィルズから、バルトーラは必死で目を逸らした。しかし、その視線に耐えられなかったらしい。

「その……女は嫌いだけど、息子は欲しいっていうか……フィル君が息子なら楽しいなって……」

「……はあ……まあ、子どもだけ作ればいいってならなかったのは、褒めてもいいな。そういうクズ、多いだろ」

「……うん……よく知ってるね……そんな貴族の裏事情……」

「まあな」

女嫌いは女嫌いでも、貴族女性嫌いというのが大半だ。だからこそ、貴族の務めとして決められた貴族女性と子どもを何人か作ったら、第二、第三夫人として本当に愛せる平民の女性を迎える。まるで、嫌いなものを食べた後の口直しをするかのように。これにより、自尊心を傷付けられた貴族女性が彼女達に嫌がらせをし、それを知って更に夫から嫌われるという悪循環。

それは当然子どもにも悪影響を与える。親への嫌悪を育ててしまう者や、母親同士の対立に利用される者。そろそろ本当にどうにかしないと、気の毒な子どもはこの先も量産されかねなかった。

フィルズは、神殿長だけでなく、命の女神リューラや知恵の女神キュラスとも相談をしていた。

その時のことを思い出しながら、隣を歩くバルトーラと話す。

「アレだ……親子や夫婦仲が悪いとかって、身内の恥みたいなもんだろ。それを特に貴族が、誰かに相談するとかできるわけがない。だから、こんだけ拗れまくってんだよ」

大きくため息を吐いて、フィルズはこの世界のことを考えた。夫婦の仲の問題や悩みなんて、親にも話し辛いだろう。本当に悩んでいる者ほど、誰かに相談することができないものだ。教会に相談に来る住民も少ないらしい。一般的にも言いにくいのだ。貴族なんて余計にそうだろう。

「確かに……噂にでも出て来ないように注意するね……」

「領主の夫婦仲が悪ければ、その子どもも同じようになるって、民や周りの奴らは思うもんだ。次代もどうせロクな結婚相手を連れて来ないだろうってな」

「……ああ……」

それは、家庭を顧(かえり)みない者達ということ。そんな人が、自分達領民に心を向けられるはずがないと民達も思う。これだけでも、領民達の心が離れることになる。

「まあ、だから女は洗脳するみたいになったのかもな」

「っ……愛されていると……無条件に信じるように、わざと育てるってことか……？」

「じゃないか？　何より、女の心を守るためだったかもな。誰だって嫌われて嬉しいわけないだろ。だから、そうじゃないって思い込むように、母親から娘へ洗脳気味に言い聞かせてきたんじゃないか？」

「……」

バルトーラは少し考えるように、腕を組む。彼は、一方的にミリアリアや母を嫌っていた。だが、それも仕方のないことだったのかもしれないと気付いたのだろう。その間に、フィルズは青果店を覗いた。

「おっちゃん、今日のおすすめは？」

「おう、フィル。なんだ？　護衛任務中じゃねえのか？」

青果店の店主は、フィルズの後ろで考え込んだまま立ち止まるバルトーラを見る。

この町は、最近は特に見回りの騎士が多く、冒険者達も機嫌がいいため、治安や町の雰囲気がとても良くなっている。これはクマの影響が大きい。だから、たとえフィルズがバルトーラの護衛任務に就いているとしても、明らかに身なりのいいバルトーラから少し離れたところで問題はない。

「ああ、あの人は知り合いのおじさん。スラム街もなくなったのだ。物乞いも見当たらなかった。神殿長の努力により、スラム街もなくなったのだ。物乞いも見当たらなかった。

「へえ。ならいいが、そうだ。この前のオクラ、クーちゃんは食べられたか？」

フィルズの母クラルスは、もうこの町ではクーちゃんとして親しまれていた。クラルスがいると、ついついオマケしてしまうと笑う店主が続出中だ。

クラルスはいつでも笑顔で気持ち良く買い物をしてくれる上に、客のトラブルにも仲裁に入って解決してくれるのだ。知らぬ間に、多くの者が頼りにしていた。フィルズが力で解決するのに対して、クラルスは話術で解決する。この親子がいれば大丈夫と思えるものになっていた。

店主の言ったオクラは、日本にもあるオクラだ。あの切るとネバネバする野菜。青臭く、更にはネバネバが不人気で、あまり店には出ないが、ここの店主は個人的に好きで置いていた。

それを見つけたフィルズが先日買っていったのだ。その時、一緒にいたクラルスが青臭い匂いに気付いて思わず嫌そうな顔をしたのを店主が見て、野菜嫌いを見抜かれていた。弱点があったのかと笑っていたが、それを思い出したのか、今も楽しそうな表情だ。

「ああ。最初はネバネバした感じで嫌そうにしてたけどな。本当は、コメがあると最高なんだが」

醤油も自作したフィルズは、オクラの醤油あえを作った。さっぱりして美味しいと、クラルスもきちんと食べていた。後は鰹節があれば完璧だったのだが、海の物の入手は中々難しい。これをご飯と一緒にかき込むのが最高だという記憶があった。

「コメか～、俺も、お前にオクラと相性いいって聞いて、商業ギルドに確認したんだが、二つ隣の国までしか流通してねえってさ。それも、なんか虫が付くとかで、輸送の金もすげえかかるらしい」

「やっぱりか……それでなくても手がかかるしな……もし今後、俺の方でも手に入ったら、おっちゃんにもやるからな」

「おっ、そりゃあ楽しみだっ」

店で相変わらず不人気なトマトとカベツ、それとオクラを選ぶ。カベツはキャベツだ。他にも、いくつか買い、全てマジックバッグに入れて会計を済ませた。

「今からなら時間も十分あるし、ロールカベツにでもしてみるか……」

煮込んでトロトロにしてやるつもりだ。トマトは完熟ではないので、少し残念だが仕方がない。

そこで閃いた。

「そうか、収穫用の保存箱を作るか……冷気が少し出るようにして……ちょい時間を……」

時間停止させるまではいかなくていい。冷気だけでも、傷むまでの時間を稼げる。農家から輸送する間に腐ってしまうから、トマトは完熟したものが出回らない。特にこの世界のトマトの品種は硬くて酸っぱいため不人気のまま。売れないから、トマトを育てる農家も少なく、農家でさえも完熟の味を知らない可能性が高い。

「コメも輸送しやすくなるかもな……よし、今夜にでも作ってみるか。バルト兄、行くぞ」

「っ、あ、ああ」

未だ思考に沈んでいたらしいバルトーラを呼び戻し、屋敷に向かって歩き出す。

「……」

「なんだ？」

チラチラと見下ろしてくるバルトーラに気付き、フィルズが眉を寄せた。

「……フィルは……凄いなと思ってさ……家の問題の当事者だっていうのに、こうやって……なんでこうなったかなんて、考えたこともなかった」

女達はミリアリアのようなのが当たり前。そして、夫がそんな彼女らを愛せないのは当たり前というのが、この国の常識だ。貴族だけが当然だと受け入れている。

「事の渦中にいる奴は、気付きにくいもんだ。俺だって、母さんが部屋から出て来なくなってからは、しばらく放っておいたままだった。その間に町で冒険者をして、母さんの問題は完全に他人事だって思えたから、貴族の家のバカバカしさに気付いただけだ。でも、多分、俺を心配してくれるカナルがいなかったら、外の世界を見る余裕なんてなかったし、今もあの屋敷で閉じこもってたよ。母さんに声もかけずにな……」

フィルズには、良くも悪くも常識を教える者がいなかった。クラルスにおかしな認識を植え付けられるようなこともなく、また、別居となったことで、ミリアリアに責められ続けることもなかった。お陰で、卑屈になることもない。

恐らく、クラルスは本能的にフィルズから離れたのだ。第二夫人として染まっていく意識の中で、同じように第二夫人の子どもとして染められないようにと。

そうした状況に加えて、フィルズが夢で見る前世の微かな異世界の情報で常識を知り、精神的にも強くなったのは、幸運だった。やるべきこと、やろうと思えることが考えられるようになったのだから。

「この世界の……この国の問題は、現状を当たり前だと受け止めて、悩みも口にできず溜め込んでいることだ。バルト兄だって、溜め込んでたのがあって、さっき爆発させたんだろ？」

「っ、そ、そうだね……」

貴族としては、口にしないことが美徳なのだろう。けれど、貴族でも人だ。溜め込んでいて良いことなんてない。

「確かに、夫婦仲や親子仲が悪いなんてこと、他人に知られるのは嫌だろうが、だからって、ずっと溜め込んでいたら、周りにも、次の世代にも悪い影響があるに決まってる。問題を問題にしたまま、バカみたいにそのまま受け継いでどうするよ」

「……っ」

解決することなく、問題のままにしているのが常識になってしまっている。それが良いことのはずがない。

《あっ、ごしゅじ〜ん》

教会の前にさしかかろうという時。そこで馬車が二台並んでいるのが見えた。どこかの貴族の馬車だろう。護衛の騎士もついていた。その足下で、クマが手を振っている。毛の色は薄い黄色。イリーだ。

「イリー……そういや、今日はジラル兄についてたな。どうした？」

このクマは、副神官長であるジラルについて、今日は教会に併設された孤児院で研修中だった。

《こまってま〜しゅ》

「ん？　ジラル兄？　ああ、もしかして……」

ジラルが騎士達と問答しているのが見える。そこでとある貴族についている護衛の騎士が、教会に神殿長がいないことに文句を言っているという状況だと察したフィルズが近付き、声をかける。

「ジラル兄。神殿長なら、公爵邸だ。神からの要請ってことで、夫婦仲の問題について裁決中」

「っ、そう。突然出て行かれたからそうだとは思ったけれど……ありがとう。助かったよ」

「今、公爵邸にはヴィランズ団長もいるし、この人達にはそっちに直接行ってもらったらいいんじゃないか？　泊まる場所の問題もあるだろ？」

国全体で見ても、大きな宿屋は少ないらしい。そのため、貴族達は領主邸に泊まるのが普通だ。護衛の騎士達は、数が多ければ当地の騎士団の宿舎を借りることもある。

そこまで口にすると、ジラルに詰め寄っていた騎士がフィルズを見下ろした。

「おい。なぜお前のような者が、そんなことまで知っている？」

「……」

鋭い視線だが、フィルズには大した脅威も感じられない。

「なんで話す必要が？　それより、孤児院の子どもらが怖がっているだろ。騎士なら、もう少し周りにどう見られているのか考えたらどうだ？」

「なっ、き、きさっ」

《あるじにケンカうるなら、こっちでかうよ？　あるじと、ちょくせつとりひきできるとおもうなでしゅ！》

「っ、なっ、なんっ」

なんだこれという顔で、下で飛び跳ねるクマを見て、騎士は数歩下がった。

「俺の喧嘩だぞ」

《あるじのあいてにはフソクでしゅ》
「まあ、そうだが……こんなキラキラに着飾ってる騎士が負けるところは、子どもらに見せられんだろ」
《ここのこたちは、げんじつしゅぎでしゅよ？》
「……へえ……」
子ども達は、教会の中からいけいけとクマを応援していた。騎士に夢見る可愛い子どもではないようだ。
《やっていいでしゅ？》
「いや、相手が完全に戦意を失っているが？」
《あれえ？》
騎士は、魔獣なのかなんなのかさえ分からないクマに、完全に怯えていた。お上品過ぎる騎士も考えものだ。これで役に立つのかとフィルズは護衛されて来た者に少し同情した。
やらないのかと、クマのイリーは手を構えながら、怯えて下がっていく騎士に一歩一歩近付いていく。それを見兼ねて、フィルズはイリーを抱き上げた。
「あんまイジメてやるな。まあ、丁度いい。ジラル兄、イリーにこいつらを公爵邸まで案内させるよ」
「いいの？　イリーくんなら安心だけど」
《あい！》
元気に手を挙げて返事をし、イリーはフィルズの腕から飛び降りると、騎士達の前に再び立った。

《あんないしゅゆ。せんどうするのだれ？》

「え、へ？　あ、わ、私です。ん？　一体これは……っ」

先ほどの偉そうな騎士とは別の、優しそうな顔をした騎士が、可愛さに誤魔化(ごまか)され、明らかに怪しいクマにも素直に答えながら動揺している。

フィルズは、この騎士達の中に一人だけ、実力ある者がいるのに気付いていた。女性のような整った顔立ちの細身の騎士だ。一人だけ制服が違うので、分かりやすい。

だが、目が合っても微笑まれるだけで終わった。関わる気がないならそれでいいとフィルズは無視する。

副神官長のジラルが騎士達を安心させるように言う。

「心配要りません。この子は魔獣ではなく、魔導人形です。敵と見なされなければ、攻撃することはありません。きちんとご案内もできますよ。副神官長である私が保証いたします」

「きょ、教会のでしょうか。分かりましたっ」

「では、みなさまご一緒に、一度神殿長にご挨拶ください」

「……はい……」

偉そうにしていた騎士は、最後まで何やら言いたそうにしていたが、ジラルの微笑みに気圧(けお)されて了承した。

その時、馬車の中から視線を感じたが、フィルズは無視した。二台の馬車は、男女が一人ずつ乗っているようだった。それが出発していくのを見送り、フィルズはジラルに目を向ける。すると、ジラルは苦笑しながら小さな声であの馬車について教えてくれた。

「第三王妃様が、神殿長と面会することになっていたのです」

「ああ、だからリュブランが、あんな顔してるのか」

「っ、リュブランっ？」

ジラルが驚いて振り返る。孤児院の方から来たのだろう。リュブランが真っ青な顔をしており、仲間のコランとマグナが支えていた。気になって出てきたようだ。そして、恐らく馬車の中の姿が見えてしまったのだ。

リュブランは、第三王妃の息子である第三王子だった。彼は、十五歳となり、母親の言いなりになって、周りに迷惑をかけ続ける現実に嫌気が差していた。上の兄達は優秀で、比べられることに卑屈になっていた。せめて、王子として役に立たなければと思い悩んだ末に出した答えが、騎士団を設立し、同じように迷惑がられている者達を集め、死に場所を求めて国を回ることだった。

リュブランが仲間としたのは、側近候補として側にいてくれたコランや、同じ悩みを持ち、信頼できる少年達。一方で、問題行動を起こして煙たがられている少年達も引き込んだ。

後者の少年達にはそれぞれの犯してきた罪に応じて、密かに罰を与えていった。その多くは戦闘不能となり、今は実家に戻って幽閉同然の暮らしを送っている。

そうやって問題のある少年達の処理をしながら、リュブランはこの公爵領までやって来た。そして、本当の仲間と呼べるコランを含めた十人の少年達と共に、オーガの群れと戦って死を覚悟した時、フィルズによって救われたのだ。

男爵家長男のマグナも、騎士団に参加こそしていなかったがリュブランの仲間の一人だ。

保護された彼らは、現在教会の孤児院の手伝いをしながら過ごしている。彼らの周辺が落ち着いた頃に、フィルズが創る商会の一員として迎え入れる予定だった。

「はあ……ジラル兄、予定より早いけど、あいつら連れてくわ」

「ですが……いえ……そうですね……リュブランの一件を詳しく調べるために、元凶の一人である第三王妃様はしばらく神殿長預かりになります。あの子達を孤児院に閉じ込めておくよりは良いでしょう。神殿長には私からも伝えておきます」

「ああ。リュブラン！　荷物をまとめろ。後で迎えを寄越すから来い。部屋の用意もできてる。コラン、マグナ、他の奴らにも伝えて、一緒に用意しとけ」

それだけ伝えて、フィルズはバルトーラへ振り向く。

「バルト兄、ちょい家のこと手伝ってくれ」

「っ、あ、ああ。家のこと？　いいよ？」

バルトーラはずっと馬車を見送っていたようだ。フィルズに声をかけられて、慌てて向きを変えていた。そこから、フィルズは察した。

「……ふん……乗ってた男……あれ、王か？」

「っ、知ってて っ？」

「いや、リュブランの怯え方が、縁を切るつもりだった母親相手のものだけじゃなさそうだったからな」

「その、リュブランって……第三……」

「ああ。そっちは見てなかったのか。後で会えるぞ。ただ、第三王子って言われるの嫌そうだから、気を付けてくれ。これから、一緒に住む予定なんだ」

「え……？」

教会の保護を受けたからといって、一生を教会で過ごさなくてはならないわけではない。保護される原因が取り除かれたら、いつでも元の場所へ戻れる。ただ、そうする者は少ない。たいていが、理不尽に虐げられたり、命を狙われたりして保護されるのだ。そんな場所に戻りたいとは思わないだろう。

よって、ほとんどがそのまま神官になったり、孤児院で働いたりする。安全で信頼できる場所は、保護された者達にとって、教会だけなのだから。

しかし、今回、フィルズは商会で働くという道を神殿長に提案していた。

「保護対象として、ずっと教会の中にいるのって、気が滅入るだろ。何より、別に悪いことしたわけじゃねえんだから、あいつらが閉じこもってる必要はねえ」

フィルズはバルトーラと並んで再び歩きながらそう口にする。

「俺の所で、さっきのクマが護衛に付けば、安全は保証できる。そうすれば、好きなことさせてやれるからな」

「フィル君……っ」

バルトーラが感動したような声を上げる。それに気付いて、フィルズが目を向けると、なんて良い子だと口にしそうな顔をしていた。

「っ、なんだよっ。俺は、理不尽なのが嫌なだけだ……っ。それに、俺ならただじっと守られるだけとか……嫌だから……」

「うんっ。そうだねっ」

「ちょっ、なにすんだっ」

いい子、いい子とバルトーラがフィルズの頭を撫でる。その顔は多分、かつて誰も見たことがない締まりのない顔だった。

フィルズがバルトーラを連れて夕食の食材の買い物を楽しんでいる頃、公爵邸のミリアリアの部屋では、重い空気が流れていた。

窓際のティーテーブルに一人座るミリアリアは、ずっとすすり泣いており、それが落ち着くのを男達が待っているのだ。

ヴィランズは、自分は壁ですと主張するように、無心になって出口付近に立っている。元々、彼女が暴れた場合の対応と、第三者としての証人として、カナルと共に部屋に控えている役目だ。

夫であるリゼンフィアは、部屋の中央にある二人がけのソファに座り、わざとらしくチラチラ見てくるミリアリアと目を合わさないように必死だ。

そんな様を、入り口側を背にし、ミリアリアの方を向く一人がけのソファに腰掛けて、自身と妻の過去を思い出しながら、顔を顰めて見ているのが、ミリアリアの父で前侯爵のトランダだった。落ち着かない空気の中、唯一いつも通りなのは、神殿長だけだろう。彼はリゼンフィアの向かいの二人がけのソファに着き、ミリアリアのすすり泣く声を斜め後ろに聞きながら、カナルの用意したお茶を優雅に飲んでいた。

ミリアリアの涙も枯れ始めた頃を見計らって、神殿長が振り向くことなくティーカップから口を離しつつ確認する。

「そろそろよろしいでしょうか？　夫人」

「っ……」

慰めてくれるのを待っているのは分かっている。自分は被害者ですという顔をするには、泣くのが一番だ。けれど、神殿長にそれは通用しない。

コトッとティーカップをテーブルに置き、ゆったりと振り向く。

「欠伸も出そうでしょう？　いつまでも小さな子どもと同じことをしていてはいけませんよ」

「っ……わ、わたくしっ……」

本気で泣いているわけではないのは、目元の化粧の乱れ具合で分かるものだ。本当に傷付き、悲しんだならば、もっと酷く見るも無惨な状態になるだろう。制御できる感情ではないのだから当然だ。

だが、彼女はうるうる、しくしくとするだけだった。これは、相手が音を上げるのを待っているということ。同時に、あの本気の怒りを込めたバルトーラの言葉が、彼女の心に届いていない証拠だった。神殿長は先が長くなりそうだとため息交じりで話す。荒療治(あらりょうじ)も仕方ないと腹を括(くく)った。

「まずは気持ちを確認することから始めましょう。文句等は後で聞きます。あなたは聞き役に徹してください。苦手そうですけどね」

「……っ」

貴族は言い負かされたら終わりだ。黙った方が不利になる。とにかく言うべきことは、相手の言葉を遮(さえぎ)ってでも言うのが当たり前だ。だから、黙って聞くというのは、難しいだろう。

リゼンフィアにも彼女は自分のことを伝えるばかりで、話を決して聞こうとはしてこなかった。それが嫌で、リゼンフィアも話すのを諦めたのだ。貴族女性はそういう傾向が強かった。

さてこれからという時。下から慌ただしい足音が聞こえてきた。

「っ、お、お話し中、失礼いたします！」

それはヴィランズの部下の騎士の一人だった。

「なんだ。騒々(そうぞう)しい」

ヴィランズが睨む。それを受けて、姿勢を正した騎士は、それを告げた。

「こ、こちらに、陛下がお見えになりました！　第三王妃様とご一緒に……っ」

「……なに？」

リゼンフィアが思わず立ち上がる。トランダも驚いているが、やはり神殿長だけは冷静だった。

「第三王妃がいらっしゃるとは聞いていましたが、王も同行するとは意外でしたね。エントラール公爵。ご一緒に、この場に来ていただきましょう。第三王妃も、今の夫人と同じです。今までのことを理解していただくために、こちらへいらした。夫人も心細いでしょう。私としては、一人も二人も一緒ですしね」

「……分かりました……では、場所を移しましょう。下の応接室に……」

「ええ、是非」

そうして、一同は王と第三王妃を迎えて、応接室に入った。

「この場は私が預かっていますから、王はエントラール公爵と並んでください。夫人方はこちらで向かい合うように」

神殿長が部屋の一番奥の一人がけソファに座り、先ほどと同じように、その向かいの出口側を背にした一人がけのソファには、トランダが座る。

入り口には、ヴィランズと王の近衛騎士数人、それと、第三王妃の護送担当としてラスタリュートが立っていた。

「突然訪ねて申し訳ない、神殿長殿。こちらにおられると聞いて案内してもらいました」

「いいえ。来ていただけて良かったと思いますよ。ファスター王」

神殿長としては、時間の無駄が省けた。何より、夫婦の問題は、お互いが直接話せる方が分かりやすい。

ファスター・エルト・カルヴィア王は、話のできる人だ。きちんと多くの者の声に耳を傾け、誠実に国を治めている。そして非情と思える決断も、国のためにはできる人だ。第三王子が死に場所を求めていたことを承知の上で、騎士団の設立を認可したのも国益にかなうと判断したゆえだ。

だがどうしても国優先になり、第三王妃の王宮での傲慢な振る舞いを黙認してしまったことは、彼も反省していたのだろう。

反省を口にできる立場ではないため、それを密かに神殿長へと手紙で記していた。だが、今回、リゼンフィアが何やら慌てて王宮を出て行ったこともあり、それならばと思い切って、神殿長に預けることになっていた第三王妃と共にやって来たというわけだ。もちろん、馬車は別々にして。直接、神殿長に話を聞いてもらいたかったというのもあるだろう。

王とは孤独で、弱みを誰かに見せることもできない。だから、唯一国に関係なく、利害もない神殿長は、各国の王にとって有り難い存在だった。依存し過ぎないように、神殿長達も調整してくれるため、気負う必要もない。ただ、この国の場合は、神殿長が王都から離れた領地にいるため、中々会う口実も作れない。

「先に、この問題を済ませてしまいましょう。では、エントラール公爵。嘘偽りなく答えてください。ファスター王にも、後で同じことをお願いします。ここまで拗れてしまっては、解くより一度切ってしまった方が良い」

「っ、はい……お答えします……」

「承知した」

リゼンフィアは、この神殿長が苦手だ。城では負けなしの彼でも、全く太刀打ちができないことを、第三王子の一件で知った。体が冷える感覚を覚えつつ、緊張しながらも、まっすぐに向かいに座る神殿長を見た。

これに満足げに微笑み、神殿長は身に着けていた鞄から、水晶玉のはまった箱を取り出す。大きさは十五センチ四方。それほど大きくはない。

「これは、触れた者の言葉にはっきりと嘘があれば赤く、誤魔化そうと考えながら吐いた虚言であれば赤の混じる青、紫になります。迷いなく真実ならば、このように白です」

神殿長が触れると、白く細かい煙のような粒子が、透明だった水晶の中に現れ、ゆったりと漂う。手を離せば、透明に戻った。

「っ、このようなものがっ……」

ファスター王が目を丸くする。他の者も同じだ。これがあれば、裁判もやりやすくなる。交渉事も楽になるだろう。

「残念ながら、これは教会の神官長、神殿長の管理下にあるものですから、国に卸すことはできませんよ。ただ、必要とする理由などに正当性があるようでしたら、私の立ち会いの下に使用しましょう」

「っ、そ、そうか……いや、申し訳ない。教会の秘宝を政治に使おうなどと……失礼なことを考えた」

ファスター王は素直に謝った。秘宝と思ってくれたことに、神殿長は満足げだ。

「いえ、お気持ちは分かりますよ。ただ、これに頼り切ってしまっては、本来生まれるべき信頼関係を歪にしてしまいますからね。何より、信頼し合う関係とは、時間をかけて作っていくものでなくてはなりません」

時には、その言葉に偽りはないかと疑うことも必要で、信じようとすることも同様にあるべきだ。

「とはいえ、今回は別です。ここまで思い込みも激しいと、まず信じたくないものはとことん聞く耳を持たない状態ですし、仕方ありません。現実は見てもらわないといけませんから。その代わり、真実しか知れませんけどね」

因みに、これはフィルズ作だ。嘘発見器も、魔法の使えるこの世界では正確さが増した。今までも、本当に大事な証明の時には、神殿で高位神官が神に伺いを立てることで証明していた。神さまに答えを聞くのだ。神の前では嘘など簡単に見破られるもの。

くだらないことでも、証明したいことは人によってそれぞれある。だが、その度に呼び出されるのもうんざりとのこと。そんな神の総意により、フィルズがこれを作り出したのだ。簡単な問題はこれを使って、神官長達によって解決することになった。

「男性側の意識の問題もありますが、それよりも先に、女性達には夢から覚めてもらわないといけません。これが済んだら、今度はあなた方、男性側の方の問題を理解しましょうね」

「っ……」

ニコリと意味深な笑みを向けられ、リゼンフィアとファスター王、トランダもドキリとする。そんな表情を見て、神殿長は一つ頷く。

「ふむ。では少し簡単にテストしましょう」

神殿長はファスター王へ水晶を差し出す。

「触れていただいてもよろしいですか？」

「あ、ああ……」

「ただ、『そうだ』と答えてくだされればいいです」

「分かった」

水晶にファスター王の手が触れたのを確認して、神殿長は少し考えながらも問いかける。

「そうですね……では、『あなたはこの国の王ですか？』」

「そうだ」

透明から白に変わる。

「『あなたは彼女の行いを全て許すつもりですか？』」

「そうだ……」

彼女、と神殿長が第三王妃を指す。これに水晶が赤く染まった。

「っ……」

第三王妃は、怯えた表情を見せた。

「『あなたは第三王子リュブランを最初から切り捨てるつもりでしたね？』」

「っ……そうだ……っ」

これに、水晶は青が混ざっていく。曖昧な紫。

「最後に『リュブランに会えるかもしれないと思って、ここに来ましたか？』」

「そうだ……」

白になった。神殿長は少し難しそうな顔をしながらも、気まずそうな表情になったファスター王を見つめる。しかし、すぐにいつもの微笑みへと変えた。

「ふむ。これで分かりましたか？　なので、言葉にするのは明瞭に明確にお願いしますね」

確実に嘘であれば赤。迷いのある答えならば紫になるということだ。

「ふふっ。では、始めましょうっ」

空気を変えるように、声音も少し明るく変えて、今度は水晶をリゼンフィアへ差し出した。

「事実のみをはっきりと。無駄な言い回しもなしで。さあ、公爵、触れてください」

「っ、はい……」

少し緊張気味に、リゼンフィアは水晶に触れた。まだ透明だ。そして、神殿長が問いかける。

「夫人のことを、どう思ってきましたか？　出会った頃からゆっくりと思い出しながら言葉にしてください。彼女に配慮する必要はありません。分かりやすくお願いします。変に気を遣うと、誤解を招きますからね」

「っ、は、はい……」

「っ……」

うるうると目を潤ませるミリアリア。これで、相手が自分を傷付けるような、下手なことは言えなくなると、計算しての表情だ。それを見て、リゼンフィアの心はあっさり決まった。彼にとっては逆効果だ。

「私は、好きになれませんでした。最初からずっと」

「っ、そ、そんなわけっ」

「黙っていましょうね？」

「っ!!」

神殿長が、咄嗟に反論しようと腰を浮かせたミリアリアへ、人差し指を顔の前で一本立てながら微笑む。水晶の色は白。真実だ。これをきっかけに、リゼンフィアも今まで溜め込んでいたことを一気に吐き出した。

「自分は身分が上だからと、他の令嬢達を虐げ、嫌味を言う者を好きになれるはずがない。好かれて当然だという態度も困るものでした。自分は公爵夫人。自分に逆らうなんてことは許さないと脅すのを人伝に何度も聞きました……」

リゼンフィアがいる時にはやらない。だから、注意することもできないし、言われた令嬢達も訴えては来なかった。現場を押さえようとしたが、中々その機会は巡って来なかった。はっきりとした証拠がないため、遠回しに注意するくらいしかできなかったのだ。

「もちろん、家同士で決めた婚約である以上、妻として迎え入れるのは当然です。ですが、当家の古くからの使用人に辛く当たるのを見て……あなたとの関係改善を諦めました……」

一度、家でそれを目撃した。その時は注意できたが、心から反省している様子は見られなかった。だから諦めた。

「私は、ミリアリア……あなたを好意的に思ったことは、一度もありません」

「っ、う、うそ……っ、うそよ……っ」

全部真実、水晶の色は白から変わることはなかった。

これにより、ようやくミリアリアは愛されているから何でも許されるという夢から覚めた。

ミッション④　お客様をお迎えします

フィルズが帰宅し、広い調理場で食事の用意をしていると、そこに知恵の女神キュラスが現れる。

「フィル、食事はその倍要るわよ」

「……まさか……決裂か？」

決裂というのは夫婦の話し合いのことだ。食事が倍になるということは、人数的に考えて公爵邸に滞在するはずの者達がこちらに来るということを意味する。そちらで滞在できない何らかの理由ができたのだろう。

だが、神殿長が仕留め切れないはずがないとも思っている。だから、まさかと口に出したのだ。

「女性達が、ようやく現実を見られたの……けど、すぐには順応できるものではないでしょう？　だから、少し考える時間をね」

「ってことは……」

「距離を取るためにも、男達がこちらへ来るわよ」

「……マジか……もしかして、王もか？」

「ええ。当然よ。男性側のお説教はまだだもの」

「……はあ……リョク」

《あいっ》

机の上で、お皿を磨いていた少しくすんだ緑の毛色のクマに声をかける。

「母さんと兄さん達に伝えろ。『親父も、王も来るが、ここの主人は俺だから、心配するな』と。あと、リュブランが来たら同じように伝えて、安心しろと言っておいてくれ」

《『伝達します』かんりょう！　つたえました～。『返信あり』『リュブランは正門を通過。お伝えしました』とのことでしゅ！》

「ん」

完了しましたと、立ち上がって敬礼するリョクを確認して、フィルズはロールカベツの量産を急いだ。リュブラン達は、クマ達が対応するため、問題ない。

「ふふっ。ねえ、そろそろケーキが焼き上がるんじゃない？」

「……キュラス……食べてくのか？」

夕食前の、少々小腹の空いてくるお茶の時間。アプラ――りんごのケーキを焼いているのだ。厨房には大きなオーブンが入っているので、ホールケーキサイズで四つ分が一気に焼けた。本来なら、下界に降りた神達が、そこで食事を取っても、味がしない。存在の仕方が違うからだろう。

だが、愛し子であるフィルズの作った料理は、顕現した神にも味がすると知れてから、遊びに来た神達がそのままここで食事やお茶をして行くことが多い。

「そうしたいのは山々だけれど、忙しそうだし、あちらに届けてくれるんでしょう？」

「ああ。ホールで一つ送る。茶葉も選ぶか？」

四つのうち一つは神用として神界へ送るため、祭壇（さいだん）へと供える分。そして、二つは孤児院と神官達用。三日に一度は送っている。

「っ、嬉しいわっ。今回はアプラのケーキだから、さっぱりしたのがいいわね……迷うわ……フィルったら、こんなに種類揃えてどうするの？」

「集めるのが趣味」

「それなら仕方ないわね」

フィルズが趣味と言えば、それを尊重するのは当たり前らしい。

「あっ、これねっ。ちょっと癖があるけど、合いそうだわ」

「ダージリン……ベルア紅茶か。いいぞ」

ベルアという茶葉のことを、ダージリンっぽい紅茶として、フィルズは認識している。他にもアッサムっぽいものや、アールグレイも作って用意してあった。

「この紅茶は、お菓子に使いやすいんだ。今度、クッキーでも焼くよ」

「それは楽しみだわっ。じゃあ、またねっ」

「おう。すぐ届ける」

まだ熱いケーキを、少し冷気で冷まして専用のマジックボックスに入れる。先ほど選んでいた紅茶の茶葉も入れて、蓋（ふた）をする。それから、孤児院と神官用のをバスケットに入れると、それらを抱えて玄関へ向かう。

　そこに丁度、神殿長やトランダ、ヴィランズ、リゼンフィアとファスター王が護衛の騎士一人と共にやって来た。

「おや。今日はお菓子の日でしたね」

「ああ。もうすぐ神官が取りに来るだろ……ところで……泊まるのもここか？　離れが空いてるだろうに……」

　誰がいるのか分かっていながらも、フィルズはそれを無視して神殿長と会話する。神殿長も、まだリゼンフィアと話させる気がないのだろう。当然のように答える。

「さすがに急過ぎました。部屋の準備が追いつかず、家令も倒れてしまいまして」

「っ、カナルが⁉」

　神殿長の言葉にフィルズは動揺する。

「あちらには、女性神官を送りましたから大丈夫ですよ」

「はあ……ったく、分かった。部屋はある。ただ贅沢なもんじゃねえから、宿屋だと思ってくれ」

「十分だと思いますよ。仕事も忘れて私も泊まりたいですっ」

「……帰ってやれ」

　急に神に呼ばれたまま、仕事も放り出して出て行った神殿長が中々戻らず、ジラルは困っていることだろう。そこに、神官が二人やって来る。お菓子を受け取りに来たのだ。このくらいの時間に来てくれと、イリーを通して朝伝えてあった。神殿長がいたため、少し遠慮気味だ。

「こんにちは……」

「失礼します……」

「ああ。来てもらって悪いな。これ、祭壇に。で、こっちが孤児院とあんたら用。神殿長はここで食べるから、残さなくていい。公爵邸に行った女性神官達には、後で別のを届ける。それと、ジラル兄に『遅くても夕食まで済ませたら必ず帰す』と言っておいてくれ。緊急の用件はイリーを通してくれればいい」

何のことか分からないはずはない。神殿長もニコニコしている。

「承知しました。ありがとうございます！」

深々と頭を下げて、神官達は帰って行った。

「入れ。まず、部屋に案内させる。ゴルド」

《はい》

ゴルドと呼ばれて現れたのは、金の毛並みのクマだ。黒の執事服のような上着を着ている。この子は、発音もしっかりしている方だ。声を吹き込んだ子が、年齢の割に賢い子だった。ゴルドは、この屋敷の管理長だ。

「客間を開放する。トラじいちゃんは、バルト兄と同じ部屋に。こっちの二人はそれぞれ一人部屋で、そっちの騎士は？」

神殿長に確認する。ヴィランズと並んで、女性のようなキレイな顔の騎士がいるのだ。実力者と見たあの騎士だ。

「ここの守りは完璧ですよね？　それにお世話はクマがしてくれますし……彼にも一部屋あげてください」

「分かった。ゴルド、頼む」

《しょうちしました。ごあんないいたします》

特に挨拶するでもなく、ゴルドに任せてフィルズはそのまま背を向けた。その背に、神殿長が確認する。

「この後、お話、大丈夫そうですか？　クラルスさん達も合わせて」

神殿長の後ろでずっとフィルズを見つめている男がいることには気付いていた。この二人の問題も、どこかに着地すべき時だろう。

「はっ、消化に悪い茶会になりそうだな」

ニヤリと意地悪げに笑って振り向くと、神殿長が愉快そうに笑った。

「確かにそうですねえ。けど、フィル君ならスカッと終わらせそうです」

「くだらねえことでうじうじ悩んでる大人とは違うんでね。さっさと手え洗って、食堂に来い」

まるで、決闘相手に外に出ろと言っているような様子だが、誘っているのはお茶だ。口の悪いフィルズらしいと神殿長は笑う。

「そうしましょう。おやつは何ですか？」

「アプラのケーキ」

「それは楽しみですっ」

満面の笑みを浮かべる神殿長とヴィランズ。その他は困惑顔だった。

客間は二階。厨房、食堂は一階だ。

ここで働きながら暮らすことになるリュブランやコラン、マグナ達は一階に部屋が用意されていた。三人部屋だ。ちなみに、フィルズがケーキを焼いている間にバルトーラにクマと部屋の掃除等を任せた。お陰でリュブラン達の受け入れは問題なかった。

王も来たと聞いて落ち込んでいたリュブランだが、フィルズを信頼していることと、クラルスが大丈夫だと笑って励ましたことで、落ち着いた様子で食堂に現れた。

「リュー君、こっちよー。コラン君達もこっちに座って」

先に来て、クマ達とお皿を運んでいたクラルスが手招く。リュブランとコランを合わせて、十一人の元騎士団の者達。それにマグナが加わった十二人が、真っ先にフィルズが雇った者達だ。

十四から十六歳の少年達。マグナ以外は家督（かとく）を継げない三男以下、それも父や母から抑圧されて育った。彼らは、やりたいことというのがなかった。

そこで、クラルスが孤児院を訪ねて、色んなことを教えた。リュブランはそんな中でもかなり手先が器用で、魔力操作も上手い。加護刺繍をも数日でマスターした逸材（いつざい）だ。他の者達も、一人で細かいことに取り組むのが性に合ったらしく、全員が揃ってフィルズの下に行くことを選んだのだ。

初めてやりたいと思ったことを選べたことに、彼らは嬉しそうだった。孤児院や教会でただお世話になるというのも心苦しかったのだろう。この建物が完成するのを楽しみにしていたらしい。

「クー先生。お手伝いします」

「じゃあ、一緒に紅茶淹れましょうか。今日のはベルア紅茶よ。これは五分くらい蒸した方がいいから今から淹れるの」

「茶葉によってお湯の温度も変えるんですよね？」

「そうよ。これは沸騰したお湯をほんの少しだけ冷ました温度が良いから、上からお湯を注ぐのよ」

「熱いから気を付けてね」

「はい」

「なるほど……少し冷ますために……」

やってみたいと言ってリュブランが始めると、周りに興味津々の様子で少年達が集まってくる。

リュブランは、何一つとして満足にできないと思い込んでいた。やってもできない。恥をかくだけだと思って、手を出さなかったことは多い。だが、ここへ来てやること全て、やってやれないことではなかったのだと知った。だから、ここでは何でも進んでやってみるようにしている。

「できました」

「うん。じゃあ、五分蒸らしましょう。砂時計はコレね」

「はいっ。凄く、いい香りですね」

「でしょう？　これはお茶を淹れた人しか嗅げないのよ？　得した気分になるわよねっ」

「はいっ」

何事も前向きなクラルスの言葉に、リュブラン達は救われていた。そして、こんな考え方もあるのかと思うようになった。そこに、神殿長達大人組がゴルドに案内されてやって来る。

「おや。お茶のお勉強中ですか？」

「ええ。リュー君達は色んなことに挑戦中ですもの。ね？」

「っ、は、はいっ」

父の姿を見て、一気に顔色を悪くするリュブラン。だが、すぐにクラルスが褒めるように頭を撫でた。

「私も楽しいわ〜。フィル君は他所で色々教えてもらって来るんだもの。全然母親できないの。だから、リュー君達と一緒に暮らせるのは嬉しいわっ。ママって呼んでいいからねっ」

「そっ、そんなっ、よ、呼んだことない……っ、ですし……っ」

「まあっ。それはいいわ！　初めてのママね!?　さあ、クーママとっ。呼んじゃってっ」

「く、クーま……っ」

真っ青だったリュブランは、今度は顔を赤くしていた。

王も目を丸くしてそんな息子の姿を見ている。そんな所に、厨房に繋がるドアから、フィルズがケーキを載せたキッチンワゴンを引いてやって来た。

「何いじめてんだ？　母さん」

「いじめてないわよっ。ママって呼んで欲しいのっ」

「……まったく……リュブラン、呼びたくないならいつも通りでいいし、呼んでもいいなら呼んでやれ。自分で決めろ」

「決める……っ……ク、クーママ……っ」

「きゃぁ～。可愛いっ。嬉しいっ。ふふっ。みんなも好きに呼んでね？」

クルクル回って喜びをアピールするクラルス。相変わらず大袈裟だ。だが、それがリュブラン達には良いのだろう。何を考えているのか分からない者を相手にして来たのだ。こんなに分かりやすい反応を毎回返してくれたら嬉しいはずだ。

「兄さんはまだ訓練場か？」

「ううん。さっきホワイトちゃんに確認してもらったけど、シャワー浴びてから来るって」

セルジュは、クラルスから渡されたセルジュ用のウサギと、訓練場で遊んでいたのだ。ビズとも顔を合わせ、そこで冒険者達に剣術を見てもらっているのだとクマを通して聞いてはいた。

「ならいいけど。母さん、ケーキ分けるぞ」

「は～い♪　子ども達はこっちのテーブルね。私はあっちで……」

「母さんもそっちでいい。楽しくお茶会してろ。先に俺が話す」

リュブランや他の少年達もその方が安心できるだろう。マグナ以外は、王命に叛いたようなもの。この場にいるのも不安なはず。明るく話し上手なクラルスと一緒なら、楽しく過ごせるだろう。

「……分かったわ。なら、楽しくお茶会しますっ」

「おう」

フィルズは優しく笑った。それを見て、クラルスはもちろん、リュブラン達も頬を染めた。

「フィル君っ……今の顔、美人っ」

「……意味分からん……」

片手で口元を押さえながら、素敵だとクラルスが親指を立てるが、フィルズに自覚はなかった。

食堂は大勢での試食会や料理研究もできるようにと、広く作られている。

十二人座れる大きなテーブルは六つも並んでおり、その一つに大人達とフィルズが集まった。

フィルズは、護衛として壁際に立つ綺麗な騎士――ラスタリュートに声をかける。

「ここでは身分も護衛も何もない。あんたも座ってくれ。文句があるなら出て行ってもらう」

ラスタリュートはそれを聞いて、目を丸くし、ヴィランズに背を押されて、テーブルの方へ来る。

「え？　え？　ちょっ」

「いいんだって。ここではフィルに従っとけ。じゃねえと、本当に叩き出されるぞ？　剣抜く間もなくな」

「っ、え？」

「あのクマ、俺らより強いんだよ。まあ、フィル坊にも勝てんけどな～」

「……え？」

困惑顔をするラスタリュート。近衛騎士でもないのに、その近衛騎士達に代わって王の護衛としてこの屋敷に来たのは、信頼と実力によるものが大きい。なのに自分達より強いとはどういうことかとヴィランズに必死に目で訴える。

これに気付いて、ヴィランズがラスタリュートを席に座らせながら苦笑した。

「いやあ、フィル坊は天才でなあ。『剣の極意の三』まで修めた……」

「あ、この前、五までいけた」

「うおい!!　十二歳!!」

「煩えな……アレだ。コツ掴めばいける」

「そうじゃねえっ！　そんな簡単じゃねえんだよぉぉぉっ」

「「……」」

王やリゼンフィアも口を開けて絶句していた。かつて、最強の騎士と呼ばれ、一度も両膝に土を付けたことがないと言われた男、ヴィランズが、今床に蹲って頭を抱えていた。

因みに『剣の極意』の内容はこうだ。

一、魔力を纏う
二、斬撃が出る
三、斬撃を出さずに岩も斬れる
四、魔力を属性変換
五、剣の長さや大きさを魔力で変えられる
六、斬撃の形を変えられる
七、魔力で剣が出来る

ほとんどこれは今では伝説の領域で、四まで可能とした者も、ここ三百年ほどは存在しないと言われている。

そこでハッとヴィランズが顔を上げた。

「お前それ、王都のギルドで証明したら、特級まで行けんじゃね？」

「いや、前例ねえから無理って、ギルド長が言ってた。ただ、めっちゃ頭抱えてたけど」

「……お前……ちっとは手加減してやれよ……禿げたらどうすんの？」

最近、冒険者ギルド長のルイリと商業ギルド長のミラナ、そしてヴィランズで集まって、フィルズのことで頭を抱えることが多くなっているらしい。ストレスで十円禿げでも出来たら困るだろうとはフィルズも思っていた。だが、対策はしてある。

「……毛生え薬ならあるぞ」

「っ、ください！　買います！　ってか、何作ってんの⁉」

「いや、定ばっ……面白いかなと思って……」

「好奇心！　その好奇心ちょい抑えろっ」

フィルズが薬草学などという古い知識に手を出し始めたというのは、ミラナ経由で知っていたヴィランズだ。

「別にいいだろ……意外と、男より女の方が困ってるって聞いたんだよ。女も気苦労が多いんだ。男は剃ってもいいけど、女はさすがに嫌だろ……」

これは一般の人の方が多く悩む。お金があれば、帽子を被ったり、かつらを買ったりできるが、それもできなければ、あまり外にも出られなくなる。

「貴族の女にも高く売れそうだしな……あんな髪グルグル結って、何か知らんが臭いがキツいのを付けてたら、傷むに決まってる。母さん見ろよ、艶々だぜ？　光の輪も出来てるだろ。毛先まできっちりまとまってるしな」

これは自慢だ。髪の艶だけでも、かなり若々しく見せられる。

「や、やだわフィルったら。ふふっ。フィルの作ったシャンプーがいいのよっ」

「まあな」

「あ、いや、でもさすがに男は……いや、フィルは必要だが……」

「あ？」

美人なフィルズには絶対に必要だと頷くヴィランズ。聞いていた他の者達も頷いていた。だが、フィルズに自分が美人だという自覚は薄い。

「何言ってんだ。男だって必要だろ……」

ここで、セルジュが遅ればせながらそっと食堂に入ってくる。

「フィル、ごめん遅れ……」

「兄さんを見ろよ。着飾らんでも、コレを女どもの前に連れて行ったら一発で連れ去られるだろ」

「「なるほど」」

呆然とするリゼンフィア以外が納得した。セルジュの髪質は普通のものだが、違って見える。子どもでもきちんと手入れしていなければ、くすんだようになるのだと、一同はこの場で気付いた。明らかに艶々、キラキラしたセルジュの金の髪は、乾かしたばかりでふんわりとしている。もうじき十五歳となる少年は、神々しく光っているようだった。

「えっと……何？」

「髪の手入れが大事だと教えていた」

「なるほど……？」

意味が分からないけれど分かったとの顔だ。

「兄さんも、母さんの方に座ってゆっくりしてくれ」

「う、うん……い、いいの？」

リゼンフィアの姿を確認しながらも、別の席を指示されたことに申し訳なさそうな表情をする。しかし、フィルズとしては、今はセルジュのリフレッシュ期間なのだ。リゼンフィアとの話し合いでイライラさせる気はない。

「問題ない」

「フィルが言うなら……」

フィルズが鼻歌を歌うように気楽な様子でケーキを切り分けていると、リュブランとマグナが動く。

「お茶も入ったよ」

「運ぶね」

「ああ。あっちの男共のテーブルのはリョクが運ぶから、そっちの分だけでいいぞ。お茶……ありがとな」

「う、うん……フィルみたいに上手に淹れられていればいいんだけど……っ」

「……」

リュブランは教会で保護されてから、卑屈に死ばかり考えていたという雰囲気が完全に消え、まるでそれまでの人生をやり直すかのように、素直な言葉を口にするようになった。陰気な王子様から、爽やか少年に生まれ変わったようだ。

フィルズはリュブランにとって、心から頼りにしている友人という位置づけなのだろう。十五になる少年が、年下のフィルズをまるで兄のように慕っていた。誰に褒められるよりも、フィルズに正直に感想をもらえることが何よりも嬉しいらしい。

リュブランが淹れたという紅茶を手に取り、フィルズは一口飲んだ。

「……美味いぞ」

「っ、良かった……っ」

嬉しそうに笑うリュブランを見て、父であるファスター王は驚く。だが、リュブランは一度もそんな父には顔を向けることはなかった。

リュブランが自分達の分を運んでいく傍らで、フィルズは男達用の分を、二段あるキッチンワゴンに並べる。一番上の一段目にお茶。二段目にお皿に取り分けたケーキを並べ終わると、そこにゴルドとリョクが奇妙な乗り物に乗ってキッチンの方からやって来る。

それを見て、バルトーラが思わず声を上げた。

「何あれ……」

この屋敷でしか使っていないので、クラルス以外は初めて見るものだ。

フィルズはバルトーラの疑問に答える。

「リフト付きの作業車」

それは、木で出来たリフトカー。台車と運転席が一緒になっており、上がり下がりする場所に乗ったまま運転もできる。

因みに、クマ達の手は、きちんと握ったり摘まんだりもできるよう、人の手と同じ五本にしてある。作り物ということで、実際の人の手とは違う。見た目は丸めで肉球も付けた、可愛らしさと実用性を兼ね備えたものだ。

屋敷の至る所にこのリフトカーは隠されており、クマ達が利用する。クマ達は大人の膝から股の辺りまでの高さしかない。この身長不足を補うために使っているのだ。

ゴルドはそれを手元で操作しながら、スムーズにキッチンワゴンとドッキング。ワゴンの一段目と同じ高さまで上がったリフトの上に立ち、そのままテーブルの横につける。テーブルとワゴンの高さは同じにしてあった。

それからリフトを固定し、お茶を二つずつ軽々抱えてテーブルの上を歩き、それぞれの人間の前に置いていく。リョクはリフトに乗って、ワゴンの横から二段目に置かれたケーキを一段目に移していた。

フィルズも手伝い、全員の前にお茶とケーキが揃った。ちょこまかとクマが動くのを見ていれば、時間が経つのも早い。だがまだまだお茶は熱いまま。カップは効果こそ弱いが保温の魔法陣が効いているため、冷めるのもゆっくりだ。給仕を待っている時間も苦にはならない。

《《ごゆっくりどうぞ》》

クマ達は一礼して、厨房の方に消えて行った。この後、リョクは公爵邸に追加で焼いたケーキを持って行ってくれることになっている。

「どうぞ。お茶も冷めていないはずだ。ケーキにはアプラが入ってる」

フィルズも席につくと、それらを勧めた。

この時、トランダ達まで動揺していた。先程のリフト付き作業車や動くクマのことが大いに気になっているようだ。しかし、フィルズは違うことを気にしているのだと思った。

「ああ。毒の心配なら……」

そう口にする間に、神殿長がケーキを一口。

「うん、美味しいっ。フィル君はいいお嫁(よめ)さんになりますねっ」

「……嫁に行く気はねえよ」

今までも何度も言われたので、当たり前のように返す。このフィルズの嫌そうな顔が可愛いのだと、神殿長が思っているとは知らない。

次にトランダとバルトーラ、ヴィランズがケーキに手を伸ばす。

「っ、おいしい……っ」

「っ、ケーキって……もっと硬いものじゃ……」

「やっぱ、うめえっ」

これを見て、王よりも先にとラスタリュートが食べる。

「え……っ、美味しいっ……」

目が煌めいた。

最後にファスター王とリゼンフィアだ。

「「っ！」」

気に入ったのは、目を見れば分かった。それを見ながら、フィルズは優雅な所作で紅茶に口をつける。丁度、ケーキの美味しさを伝えようと顔を上げたファスター王とリゼンフィアは、それを見た。見惚れそうになるほど整った所作だった。

「っ……」

ほおと、ファスター王は感心したように、息を吐く。これに気付いたフィルズが目を向ければ、ファスター王は何か言おうとしたのだが、見惚れたことに自分で少し動揺していた。それを誤魔化すように、一口紅茶を口にして、またその香りと味に感心する。お陰で、思わず言おうと思っていたことよりも味の感想が口から出たようだ。

「っ、これはまた……素晴らしい香りと味だ……ケーキにもよく合う」

お茶を上手く淹れられたのだと、改めて実感したリュブランの頭をクラルスが撫でているのが感じ取れて、フィルズは微笑む。それがまた、綺麗な微笑みだったのだが、これも本人に自覚はない。

「っ、その……突然訪問して申し訳なかった」

ファスター王は神妙な面持ちになると頭を下げた。

「神殿長の判断なら、問題ない」

「さすがフィル君ですっ。ところで、お代わりありますか？」

会話に入り込んできた神殿長にフィルズは眉を顰める。

「……間食は控えめにするもんだ」

「仕方ないですね……今日の夕食はなんですか？」

「……本当に食べて帰る気か……」

「もちろんです！　いた方がいいでしょう？」

「……はあ……ロールカベツ……」

神殿長も夕食に参加だなと諦めた。これに、クラルスや子ども組が反応した。もちろん、ヴィランズもだ。

「「「なにそれっ、美味しいの!?」」」

「……美味くないもん出したことねえはずだけど……」

初めて出す料理だが、今までも外したことはないはずだとフィルズは自負している。

「もちろんよっ。フィル君のご飯はなんでも美味しいわっ。お野菜も食べられっ……な、なんでもないわ……っ、とにかく、フィル君の作ったご飯なら美味しいに決まってるわっ」

クラルスは野菜嫌いを自白したようなもの。それをセルジュが笑ってフォローする。

「ふふっ。カベツは私もあまり得意ではないけど、フィルの料理なら食べられるようになりそうで、楽しみ」

「そっか。兄さんがここにいる間に、カベツを好きになれるようにしてやるよ」

「っ、ありがとうっ」

本当に嬉しいという顔のセルジュ。これに、はじめてセルジュの満面の笑みを見たと、リゼンフィアは衝撃を受けて落ち込んでいた。だが、それに構わず、フィルズは神殿長へ声をかける。

「それで？　俺に何を求めて、ここに来た？」

机に頬杖を突いて、フィルズは前に座る神殿長へ目を向ける。フィルズの左隣では、ヴィランズがゆっくりとケーキを味わっている。お代わりがないかもしれないと知って、慎重に味わっているのだ。その前では、同じように感動しながら小さく優雅に味わうラスタリュートがいる。

「子どもの実直な意見というのは、大人には刺さるものです。なので、まずはフィル君に刺していただこうかと」

「……言いたいことを言えということか……」

「そういうことです。フィル君も溜まっているでしょう？　言っちゃいましょうっ。私の言葉より効きそうです」

「……分かった……」

仕方ないかと、フィルズはまだまだ熱さを感じる紅茶を一口飲んでから口を開いた。言いたいことと言われて、すぐに出てくるかと言われればそうでもないが、フィルズも神殿長が言う通り、言いたいことは溜まっていたようだ。

「夫婦の問題の話だよな？　俺としては、結婚したからって、必要以上に仲良くすることもないと思う。お互い不干渉で上手くいく場合もあるだろ。血の繋がっている親と子でも性格によっては合わないことだってあるんだ。そこはそれでいいんじゃねえかと思う」

「干渉し合って、悪化するなら放置でも構わないということですね」

「そう。余計拗れるなら手を出すなってこと。あるだろ、若い頃なら反発してただろうなって話も、今なら納得できるってやつ」

「「……」」

大人達があぁと声を上げそうになるほど納得した。

「貴族なら、政略結婚が常だろ？　なら余計にな。ただ、まあ、反発し合ったとしても、一度は本音で話すべきだ。女に、良い関係になれると夢見させといてそのままにするから、おかしなことになるんだろ？」

「そうですね。だから、今回は現実を見てもらいました」

「……嘘発見器使ったのか？」

「使いました。お手軽で良いですよねっ」

「手っ取り早いのは確かだな……」

神殿長や神官長がその性能を証明するのも良い。何より、悪用はされないだろうとフィルズも信用できる。それに、無駄に長い言い訳も聞かなくて済むだろう。

「そうやって、さっさと現実を認めさせとけば、あの女だって、考えを切り替えて貴族家の女主人って仕事をやれたはずだ。今まで、貴族令嬢ってのができてたんだからな」

「「「……」」」

それぞれがミリアリアを思い出し、父のトランダ、兄のバルトーラ、そして、夫のリゼンフィアが確かにと目を丸くする。

「わがままは言えても、自分がやりたいこととか見つけるのは苦手だろ。今まで親の言いなりできたんだ。寧ろ、それを外れたら叱られるって抑圧されてきたんだから、そういう、自分ってものがなくて当たり前だろ?」

「ああ……わがままとは違うな……あの子のやりたいことか……考えたこともなかった……」

トランダは親として、娘のことを何も知らないことに気付いた。

「そうやって、結婚して子どもを産むってとこまでしか指示されてねえ状態で放り出されたら、混乱するに決まってる。自分の立場を必死で守ろうとするのが当たり前だ。そこしか居場所を知らねえんだから」

「「……っ」」

リゼンフィアとファスター王がはっとする。ミリアリアも第三王妃も、必死にその場所にしがみついていたのだ。そこしか居場所がなかったのだと、今更ながらに気付く。

そして、ここにもそれに気付いた者達がいた。

「……そうか……だから、母上は……」

「……そんなこと、考えたこともなかった……母上が全部悪いと……思っていたから……」

セルジュやリュブラン、子ども達側も理解した。

「不安だろうな。今まで、親に任せ切りにして考えてこなかったツケとも言えるが、そもそも考えさせなかった周りが悪い」

これを聞いて、セルジュがフィルズへ確認する。

「……フィル……フィルがあんな扱いを受けてても母上に何もしなかったのって……」

「ああ……まあ、同情かな？　毒収集とか、メイドの買収とか、初めて自分の意思でやろうと思ってやったことだろ？　そういうのやってるうちは、不安もなにもないだろうし、無駄に大声上げることもなかったろ？」

「っ……だ、だからってっ！」

「俺は、そういうこともあるって、現実を知れた。毒の耐性もつけられた。それが知識になった。鬱陶しいとは思っても、排除する必要があるとは思えなかったんだよ。というか……俺が始末するってのもおかしいだろ？」

「……けど……っ」

セルジュは納得できないらしい。だが、フィルズにとってミリアリアは、ただの羽虫程度。追い払えば済むと思える存在でしかなかった。そして、居場所を自分で決められなかった可哀想な人という認識だ。

「本来なら、子どもの頃に考えて探っていくことを、あの女は今やってる。将来を考えて不安になることも、今初めて知ったガキってことだよ。貴族ってのは、そういう不安に弱い。兄さんはさ、あの家がある。明確にこの領の領主っていう道がある。けど、もしそれがなくなったらって考えたことあるか？」

「……え……」

「俺もいなくて、母さんもいなくなって、相談できる相手が誰もいない状況で、家が消えたらどうする？」

「……っ……」

セルジュだけではない。リュブランも大人達も考える。

フィルズはクラルスと同じく、声に魔力を乗せる能力を持っていた。その声が、言葉がしっかりと聞く者に届く。

「夢とか野望とか持って、良い方にもしもを考えることはできても、悪い方に考えることができない、お気楽な頭を持ったのが今の大半の貴族だ。だから、悪い方に向かった時に感じる不安が大きくて、耐えられないんだよ」

まさに豆腐(とうふ)メンタル。打たれ弱いというのが、フィルズの見解(けんかい)だ。

「その反動で、大それたこともできるようになる。金があるのがいけねえよな。そんで、自分の不安を和らげるために、自分よりかわいそうな奴、不安そうな奴を作る。自分はまだこれよりは大丈夫だって思えるように。優越感ほど、不安を消してくれるものはない」

優位に立とうとする本質はそこだろう。自分より下を作れば、少し安心する。自分より前にこいつがと思えるからだ。

「マグナんとこも、そもそもはそうだぜ？」

「え……っ」

マグナのいたケルミート男爵家。ここについて、フィルズは過去の情報を集めていた。今の悪事の証拠は、国や教会が集める。だが、なぜそんなことをしたのかという根本の部分までは調べない。罪は確定しているのだから。それでも、フィルズは知るべきだと思った。

「先々代のケルミート男爵が無登録の商人から、何度か詐欺に遭っていたらしい。鉱山からの収入もあって、騙されたとしてもそれほど痛手にはならなかったし、それで領民が詐欺に遭わなくて済むならと考える典型的なお人好しだ。けどまあ、他の貴族までもが男爵家をカモにし出したのが問題だ。一気に財産が減り、病もあって家族も苦労したようだ。先が見えなくなる不安を抱えながら、それを見て育った子どもが何を考えるか分かるだろ」

「……騙されないように……ううん……騙す方に……」

「そういうことだ」

考え方は真逆になった。

「騙されて貶され、お人好しの息子と言われて、黙っていられるわけがない。そこからだな。男爵家がおかしくなったのは」

「……知らなかった……」

そんなことがあったということさえ、考えなかっただろう。普通は考えない。だから、ファスター王も驚いていた。

「君は……そんなところまで調べたのか」

「原因が分かれば、次の対処ができるだろ。歴史は繰り返すって言うけど、それって単に、思考停止した結果だろ？　サボったんだ。だから同じことが起きる。反省も、失敗も活かそうとしなかったって証明をしてるだけだ」

「っ……」

「それを偉そうに、何度証明するつもりなんだか。『失敗は成功の母』。けど、思考を止めたら失敗は失敗だ。活かせなきゃ無駄なこと。なんのために国があるかも分かってない」

「っ……」

本来なら、これは不敬罪にも問われる言葉だ。それも国王の前での発言。だが、フィルズの目にはそんな不安はなかった。

「意見を集約して決定するのが国だろ。その国の貴族が、夫婦の問題ごときで揺らいでもらっちゃ困るんだよ」

「「……っ」」

これが、フィルズの偽らざる本音だった。その目は、ファスター王と宰相であるリゼンフィアを鋭く射貫いていた。

しばらく沈黙が続いた。しかし、フィルズが呆れ半分でため息を吐いてみせる。すると、一触即発かと思われた空気が緩んだ。こうした場を支配する力はクラルスからしっかり受け継いでいる。

「だいたい、そんな難しいことか？　夫婦間のルールを決めるとかできるだろう。暗黙の了解とか、そういうの得意じゃんか。お互い気持ち良く生活できるように考えろよ……」

フィルズが、心底バカバカしいと思っているのがよく分かる言い方だった。

大人達も、今更ながらにこれを子どもに言わせているという奇妙さと気まずさを感じ始めていた。神殿長だけは、面白がっている。それが分かっていながら、フィルズも付き合っていた。

「ゴルド、お茶のお代わりを」

《ただいま。ケーキもごよういしますか？》

「……頼む」

《しょうちしました》

ケーキと聞いて期待するような表情を一同が見せたのに気付き、それを許可した。フィルズは腕を組んで、椅子の背もたれに体重をかける。

「ったく、考え方変えるくらいしろよな？　好き合ってねえんなら、条件決めて……仕事仲間とでも思ったらいいだろうに」

「そういう考え方も……あるか……」

トランダがなるほどと顎を撫でて納得する。

「政略結婚で、家の繋がりも出来て子どもまで作ったならもう好きにしていいはずだ。望まれたのはそこまでなんだろ？　それ以上我慢する必要ってなくね？」

貴族が望むのはそれだろう。

「別に別居でもいい。好き合って結婚しても、上手くいくかどうかなんて、実際に一緒に暮らしてみねえと分かんねえし、育った環境が違うんだ。全部合ったら、それはそれで気持ち悪い」

「……それは……確かに……」

ファスター王も一息吐き、考え込む。特に、生まれながらの王族と暮らしぶりが合う人なんていないだろう。神殿長は、紅茶を一口飲んで笑う。

「ピッタリ合ったら、どちらかがそう装って、無理をしている可能性もありそうですよね」

合わせていると見るのが普通だ。

「合わせてみて、そいつにも合えば、それはそれだけどな。諦め、妥協って、他人と付き合う中では、当たり前のことだろ。それを苦に思うかどうかの違いだけだ。友人とか、上下の付き合い方とかさ、他の人間関係とやってることは同じだし」

「……フィル君……今更だけど、大人過ぎない？」

バルトーラが心配そうにフィルズを見ていた。ここへ来る時にも、フィルズの意見に驚いていたのだ。十二歳の子どもの意見とは思えない。

しかし、フィルズは自分が特別大人びていると思うこともなかった。

「孤児院行って来いよ。見た目より大人な奴、多いぞ」

「……どう反応したらいいのか分からないよ……」

それは、大人に頼らず生きてきた証のようなものだ。あまりいいことではない。

ゴルドによって、お茶のお代わりが用意され、ケーキも配られた。それを食べながら続ける。

「貴族に甘ちゃんが多いのは確かだろう？　夢見過ぎじゃね？　男も女も、理想の夫婦ってのが頭にあるから、現状に不満抱くんだろ？　現実が目の前にあるのに、どこでその理想拾ってくんの？」

「「「「……」」」」

「確かに、どこでしょう……」

大人達が全員揃って考え込んだ。神殿長もだ。貴族達は、自分達の両親を見ているはずなのだ。一体、そこのどこに夢や希望があるのか。

「まあ、距離を取りたいなら取ればいいってことだ。人の気持ちなんてその時々で変わるし、年取って考え方も変わるだろ。逆に年取ってから仲良くなる夫婦だっているんじゃないか？」

いち早く復活したのは、当然のように神殿長だ。

「それは確かにありますね。無理に今、夫婦として過ごさなくてもいいってことですよね」

「無理は無理だしな。どっか歪む。なら、無理に努力せんでもいい」

仲良くしなくてはなんて思う必要はない。政略結婚だと表に出しているのだ。好き合って結婚するわけではないのだから、仲が良くなくてもそれはそれで当たり前ではないか。

「腹ん中で何考えてんのか分かんねえのは、他人なら当然だし、それとも……結婚して夫婦になると、心読めたりすんの？」

「いや……そんなの聞いたことないよ……ふふっ。ないですよね？　父上？」

「ああ。あり得ない」

バルトーラが思わず笑い、父であるトランダに一応はと確認を取る。フィルズとしては、何をそんな夢見てるのかと思わずにはいられない。魔法もある世界だ。もしやとまで思った。だが、当然そんなことはない。

男達の誰もが苦笑していた。そして、悩んでいるのがバカらしいと頭を切り替えていく。

「血を残すってのも、意味あるのか？　教養とか、才能って、あっても活かせるかどうか分からんじゃん。努力して、底辺からてっぺんまで上ることだって、やれる奴はやる」

その才能がないと言われたとしても、努力して一番を取れるようになれば、それは才能があったということだ。

「その辺の孤児だって、教えられる環境があれば、将来騎士になって、武勲(ぶくん)を立てて、貴族になるかもしれん。何代か後には立派な貴族って認識されるようになってもおかしくない。貴族ってそうやって出来るんだろ？」

「「……」」

国王と宰相は言葉もなかった。最初から王家の血を引いている者が王になるわけではない。英雄が空から降ってくるわけでもない。

「貴族って種族がいるわけでもないし、まあ、魔法力の遺伝(いでん)を期待してってことだろうけど、今って、そんなに家ごとに差が出てるか？」

「……そう言われてみれば……突出した家はないな……」

トランダは噂でも特にそうして自慢する家はなかったなと頷く。

「それこそ、平民出の母親の子どもも貴族同士の子どもと同じくらい魔法力はつくだろ。寧ろ、全体的に低くなってるらしいじゃん」

「よく知ってるね……令嬢達は魔法をほぼ使わないし、実際、ミリーも平民とほとんど変わらない魔法力だったはずだ。女はそれで良いとか、母上は言っていたけどね」

バルトーラは少し呆れた様子でそう言った。

貴族は魔法力が高い。魔石を補助に使わなくても良いほどに。けれど、実際に魔法を使う機会などない。その機会があるのは、騎士となった、家を継げない三男以降だけ。彼らが必死で訓練して魔法を使っているお陰で、今でも貴族の魔法力の高さが周知されているのだ。

「多分、血とかはもうほとんど意味ねえんだ。ただ、小さい時から訓練方法を教えてもらえたかどうかの違いだけ。まあ、確かに魔法力が高い人種もいるんだろうけどな……」

フィルズも察している。クラルスとフィルズの持つ血は、まさにそれだ。魔法力が特に高い人種の血を引いている。だが、今それを口にするつもりはなかった。

「それに『家門記録』でも男の方しか残さないし、女の血筋の記録をしねえんなら、必ずしも家格の合う貴族の女である必要もないだろ。それなのに、洗脳してまで女達を縛るのはなんでだ？」

『家門記録』は家系図のこと。トランダが口を開く。

「それも、そう……だな……そうやって無理やり結婚させて出来た子どもが、家を出て行ってしまったり、女性嫌いになる問題が出ているんだ……家格を気にしている場合でもない……」

バルトーラも冷静に、それを考える。

「そうです……確かに、その家でなくては与えられない教養はあるかもしれませんが、与えられるものならば後から与えれば済む話です。それなら、好き合った者で結婚する方が、幾分か問題も減るでしょう……」

「「……」」

ファスター王とリゼンフィアも、今や真剣に考え込んでいた。そんな様子など気にせず、フィルズはため息交じりで続ける。

「けどまあ……自分で結婚相手を探すってのも大変だと思うぜ？　それなら政略結婚で妥協しながらも相手と上手くやっていく方が楽だってな。大体、好きで結婚した相手とも上手くやれてなくね？」

「「「……」」」

これには、大人達は顔色を少々悪くしながら絶句した。フィルズによって現実を色んな角度から見せられたことで、ようやく理解が及んだのだ。そして、ここでフィルズは今まで思ってきた本音をぶちまけた。

「で、俺が思うのは……獣や魔獣っていう本能で生きる奴らでも夫婦や家族で上手くやれるのに、人ができないとか……貴族ってもはや、獣以下じゃね？」

「「「「……」」」」

「っ、ぷふっ、あははっ。獣以下っ。ふふふっ。あはははっ」

神殿長が爆笑した。

そんな中、クラルスも向こうのテーブルで肩を震わせていた。もちろん、彼女も笑っていたのだ。

「っ、ふふっ、ふふふっ、け、獣以下っ、ふふふっ」

「ク、クラルス様……っ」

「あははっ。だって、貴族がっ、あの偉そうに踏ん反り返ってるのが、獣以下って。もうっ、フィルってば、正直過ぎるっ。そういうところ、母さんにそっくりっ」

「えっと……クラルス様と？」

セルジュが、そうして声を上げて笑うクラルスに驚きながら尋ねる。貴族はあまり声を上げて笑ったりしないのだ。驚いて当然だった。リュブラン達は孤児院で生活する中で、ようやくそれに慣れた頃だ。よって、子どもの中で驚いているのはセルジュだけだった。彼はこんなに爆笑するクラルスは初めて見る。

クラルスは、涙が滲んできた目元を拭いながら答えた。

「ううん。私の母さん。父さんを襲おうとしてた王ぞっ……貴族をね〜、蹴り飛ばして言ったセリフが……」

立ち上がったクラルスがガラリと雰囲気を変え、壁に向かって吐き捨てるように口にする。突き出した右手には剣が握られているように見え、その切っ先の向こうに、腰を抜かした男がいるように見えた。

「『立場がなんだ！　交尾の仕方しか知らん畜生以下のブタ野郎が、人様のものに手え出してんじゃねえよ!!』って」

「「「……」」」

「お～。俺もやりそう」

　フィルズは手を叩いた。

「やっぱり？　フィルって性格も母さんにそっくりだから～。あの時の母さん、カッコ良かったのよ～っ」

　クラルスは頬を染め、両頬を手で包んで身を捩る。憧れの姿を思い出しているようだった。

　大人達は、貴族相手にそれを言ってのけた人物がいることに驚愕し、その情景が見えるほどのクラルスの演技力に愕然とする。更には、混乱の中、頭をフル回転し、クラルスが言い直した言葉を思い返す。

「……まさか……王族に……」

　その呟きがトランダから出るが、一同は気付かなかったことにした。

　呆然としていたセルジュが、そもそもの疑問をぶつける。

「……その方は女性……ですよね？」

「そうよ？　母さんだもの♪　父さんの方が美人だったけど」

「……美人……」

　セルジュには理解できなかったようだ。

　そこでフィルズはそういえばと思い出す。

「祖父ちゃんは『幻想の吟遊詩人』だっけ？」

「「「「っ、えっ⁉」」」」

神殿長まで含めた大人達が驚いた声を上げるが、フィルズは気にしない。クラルスは、リゼンフィアにすら話していなかったようだ。

フィルズは、その様子を内心意地悪くチェックしながら続ける。

「で、祖母（ばあ）ちゃんは『舞の女王』とか『流浪（るろう）の武神（ぶしん）』って呼ばれてるんだよな？」

「「「「っ!!」」」」

過剰に反応しているが、これも気にせず流す。

「今、隣の国まで来てるっぽいって噂聞いた」

「っ、本当!?　会いに行きましょう！」

「いや、多分この町に来るぜ？　知り合いに確認したから」

この知り合いとは、神達のことだ。確実な情報だった。これをクラルスも察した。

「そうなの!?　じゃあ、お部屋も用意しなきゃっ。ゴルドちゃん、お部屋用意できそう？」

《せんようのおへやがあります》

「えっ、フィル、そうなの？」

「ん？　ああ、祖父ちゃんと祖母ちゃんの部屋なら用意してあるぞ？　母さんが言ったんだろう？　落ち着ける場所を探してるって……候補にでもしてもらおうと思ってな……っ」

少し照れた様子で目を逸らし、誤魔化すようにお茶を飲むフィルズに、クラルスが感激する。

「っ、フィルっ……っ、どうしよう……っ、こんなっ、こんなのっ……っ」

「クラルス様？」

顔を覆ってしまったクラルスに、セルジュが慰めるように声をかける。その様子は彼も知っている。不甲斐ない自分に落ち込んだのだろうと。しかし、クラルスは切り替えも早い人だ。

「っ、こんなの、絶対に母さんと父さんに気に入られちゃうっ!!　どうしよう、セル君っ。そんなことになったら、フィル君が母さん達と一緒に『じゃあ！　ちょっと出かけてくる』って言って、あっという間に国を出ていっちゃうわ!!」

「……ん？」

おかしな心配をし出したなと、フィルズは立ち上がったクラルスに目を向ける。すると、セルジュも立ち上がった。その目には決意があった。

「……っ、それは大変です！　ついて行けるように、私ももっと体力をつけなくてはっ」

「そうよっ。そうだわっ。万が一、置いて行かれても、フィル君の居場所が分かるように、知り合いに連絡して、見かけたらすぐ通ほっ、報告をもらえるようにしておかなくちゃっ。手紙を！　今すぐに！」

クラルスは結婚してからは連絡を取ってはいなかったが、世界中に友人がいる流浪の民だ。その連絡網を駆使（くし）すれば、フィルズくらい目立つ容姿の子を見失ったりしないだろう。それだけの自信はあるようだ。

セルジュも、やる気を漲（みなぎ）らせていた。

「私は、クルフィと訓練してきます！」

「あ、なら私もいい？　クルフィってクマさんかな？」

リュブランが手を挙げる。

「いえ。ウサギさんです」

「ウサギさんですか……？」

純粋な十五歳の少年達が、ウサギさん、ウサギさんと言って首を傾げている。

セルジュは嬉しそうに頬を染めて自慢げに笑う。もうここに父がいることなどすっかり忘れているようだった。この場で父の存在を忘れているのは、リュブランも同じだ。セルジュの自慢話を、目を輝かせながら聞いている。

「棒術を使うんですよっ。毛色は、フィルやクラルス様と同じ綺麗な紫に近い青で、たまに口もちょっと悪くなるのが、フィルに似てるなって思うと、また可愛くて。フィルが妹ならこんなかなってっ」

「っ、んぐっ……え……」

フィルズはお茶を噴き出しかけて、セルジュを二度見した。物凄く嬉しそうなのは間違いない。

確かにセルジュを守るためということもあり、フィルズもクルフィを教育した。貴族社会でも対抗できるように、舌戦対策として知り合いの偏屈ばあさんにも預けたのだ。それがいけなかったらしい。

因みにフィルズは知らないが、その偏屈ばあさんがクルフィをフィルズの思考にかなり寄せたのだ。偏屈ばあさんは、策士でもあった。

「そうなのよね～っ。あんなにフィル君そっくりになるなら、もう一体作るべきだったわ……っ」

「もう作れないのですか……？」

心底残念そうなセルジュ。なぜかリュブランやコラン、マグナ達までもが同じように残念そうな顔をしていた。

「グインヴォルフっていう、魔獣の毛皮なの。高いんですって」

これにリュブランが少し考えるような様子を見せながら驚愕の声を上げる。

「それは……聞いたことがあります……狼の群の頭で、統率者って言われてる……えっ、アレを使ってるんですか!?」

凶悪で、凶暴な魔獣として有名なのだ。騎士として外に出るに当たり、リュブランは魔獣や魔物の資料も頭に入れていた。だからこそ驚く。

しかし、クラルスは凶暴な魔獣というより、その後の毛皮の存在にしか興味がなさそうだ。

「そうよ？　毛皮はねえ、買うと高いから、全部フィル君が今まで獲った獲物を使ってるんだけど……」

「えっ？」

フィルズに全員の視線が集まる。

「ん？　グインヴォルフは、母さんへの誕生日プレゼントで、毛皮のストールとコートを作るのに狩ってきたやつだったんだよ。似合うと思わねえ？」

「「思います!!」」

子ども達は全員一致で同意した。これにクラルスが頬を両手で挟んで照れる。

「やだぁ～、恥ずかしいっ。ふふふっ。でも私もお気に入りで、部屋に飾ってるの～♪」

これを聞いていたトランダが思わず呟いた。

「……豪邸が一つ買える毛皮を……飾ってる……」

これにフィルズは、納得顔で頷く。

「やっぱ、すげえ高いんだ？　手触りも最高だもんなあ。けど、出遭ったのはホントたまたまでさあ。ビズと間違えたんだよ。森ん中暗くてさ～。これ言ったらビズにめちゃくちゃ怒られたけどっ」

「……いや、間違えたからって……倒せるもの？」

普通ならば逃げられずにやられて終わりだ。バルトーラが笑えないよと顔を強ばらせた。出遭ったら最後だ。たとえ味方が数十人の騎士団でも、壊滅して終わる。それがいたということは、配下の狼が数十頭はいたはずなのだ。

ヴィランズもラスタリュートも青い顔をしていた。しかし、フィルズは『目が合っちゃったし、やっとくか』で倒してしまったのだ。気楽なものだった。ヴィランズでさえも上回る、予想する以上の実力がフィルズにはあるのだと、大人達が認識を改めていれば、フィルズは続けて言った。

「だってそん時に狙ってたのはウィンターグレイだったんだよ。数回目撃情報もあったから、浅い所でも見つけられると思ったのにさ～。青みがかった銀の毛皮とか、カッコ良くね？」

「ウィンターグレイって……国喰いの……っ」

ラスタリュートが青い顔で口にするが、フィルズは首を傾げるだけだ。

「それは上位種のクイーンのことだろ？　通常種はせいぜい町一つ壊せるくらいだよ」

「町一つでも大事だわっ。どこで出たの⁉」

騎士としては見逃せないのだろう。ラスタリュートが詰め寄るように身を乗り出してきた。だが、フィルズはまだそれほど危機を感じていない。

「辺境だよ。あの国境の森はいいよな～。その辺じゃ手に入らないのも手に入るし」

「……森の感想としては最高の言葉だけど、それ、魔獣も入ってる？　あんな物騒な森をいいって言うなんて……」

ラスタリュートは唖然として呟いていた。フィルズとしては、実りの豊富な森という認識。中にいる凶暴な魔獣や魔物も、フィルズにとっては全部使える素材でしかない。同じ認識をするのは辺境伯夫婦くらいだ。それが分かったのだろう。ファスター王が思わず口にした。

「辺境伯と気が合いそうだな……」

「ケト兄とスイル姐だろ？　そういや、そろそろ試験連絡が来るはず……」

「試験連絡？　フィル君、今度は何を……」

神殿長がケーキを食べながら問いかける。その時、窓が唐突に開いた。警備は万全なので、敵はないはず。そこは、フィルズは自信を持っている。だから、ゆったりと顔を顰めながらそこを見た。

「あ～……またか……」

《おきゃくさま……？》

ゴルドも敵と認識しなかった。二十代頃の見た目の二人の女性がその窓から押し入って来ていたのだ。

二人の女性は、当然のように窓枠に腰掛けていた。

一人は長いウェーブのかかった黒髪で、もう一人はストレート。両方ともが上質な乗馬服のような服を着ており、それがとてもよく似合っている。顔立ちは、髪にウェーブがかかった女性の方が上品で優しげ。だが、その瞳には感情が見られない。お人形のような人だ。もう一人はキリリとした顔立ちで、瞳には好奇心がチラつく。どちらも美人だが、中身は多分正反対の二人だ。

真っ先に声を上げげたのは、二人を知るフィルズではなく、神殿長だった。彼は立ち上がって思わずというように指を差す。

「っ、なんでこんな所まで⁉　また報告もなく神殿を抜け出して来たんじゃないでしょうねっ」

指を向けられたのは、ストレートヘアのキリリとした顔立ちの女性の方だ。彼女は窓枠に腰掛けながら優雅に長い足を組んでみせた。

「あはは。やっほ〜、シエル爺。大丈夫よぉ。置き手紙はしてきたわ。私を追いかけられないヘボい騎士とかは泣いてるだろうけどね〜」

神殿長を『シエル』と名前で呼ぶ者は滅多にいない。しかも王族の前ですら余裕たっぷりだった
神殿長が苛立ちを見せる。

「せめて一人は護衛はつけるようにと言っているでしょう！」

「やあねえ。だからアルシェと来たんじゃない。ねえ、アル」

アル、アルシェと呼ばれたのは、彼女の隣で無表情のまま落ち着いている穏やかな見た目の女性。

その彼女は、見た目から予想される通り、無感情な声音で答える。

「はい。その辺の男達より、私の方が力もあります」

「そうよね～」

「……っ」

神殿長が口を閉じた。言い負かされるとは珍しい。だが、それも相手の立場を考えれば、仕方がないのかもしれない。

「っ、だからと言って……立場があるんですから」

「いいじゃない。私は聖女（せいじょ）である前に、一人の商人よ？　神殿の中では、満足にお金を数えることもできないんだもの」

「あなたは、たった一人の大聖女でしょうっ。部屋でいくらでも数えてください！」

「それ、許してくれるのはシエルだけよ～。他のジジイ共は頭が固いんだから」

これを聞いて、神殿長は両手で顔を覆う。

「……っ、ううっ、これが大聖女……っ」

神殿長が泣いた。

とりあえず煩いのは黙ったというように、やり遂げた表情で彼女はフィルズへ手を振る。

「フィル、久しぶり～」

「レナ姉……窓から入るなって、いつも言ってんだろ。玄関から入れ」

眉を寄せて抗議するフィルズに、レナと呼ばれた大聖女は頬を膨らませる。

「窓からの方が近いんだからいいじゃない。歩く距離も、無駄は省くのが私の信条よ。あと、楽しさや見張りを欺くドキドキは重要だわ」

「分からんでもないが……だからって不法侵入するなよ。レナ姉の嫌いな自分勝手な貴族と、考え方の根本はあんま変わらんぞ」

これと同じことを、レナは王宮でもやる。大聖女だから許されるだけで、普通は処罰されることだ。近道だからと言って、塀を乗り越えて庭を突っ切り、窓から入るなど暗殺者や泥棒の所業だ。

「うっ……昔の癖なのよ……っ」

彼女は孤児。それも戦争孤児で、暮らしていた町は荒廃しており、窓から建物に侵入して何かを得るのは、生きていくための大事な手段だった。体力をあまり消耗しないようにと、最短距離を選ぶのも、その頃の癖だそうだ。

「悪癖だって分かってんだろ？　直せ。ほれ、やり直し。アル姉も」

「やり直します」

「分かったわ……」

アルシェとレナはヒョイッと外に出て、玄関の方に回って行った。

「ゴルド、迎えてやってくれ」

《はい》

「はあ……来客が多いのも問題だな……」

額に手をやるフィルズ。そこで、神殿長が手を組み、目を潤ませながらフィルズを見ていることに気付いた。

「ん？　なんだよ神殿長……」

「あのっ、あのじゃじゃ馬娘がっ、仕事以外の場で誰かの言うことを聞くなんてっ！　やっぱり、フィル君は偉大ですっ」

「……レナ姉……どんだけ傍若無人(ぼうじゃくぶじん)に振る舞ってんだ……？」

我慢しなくていいならしない、というのも彼女の生き方だ。大聖女としての立場を得たことで、それが少し酷くなっているのだろう。子どもの頃から抑圧されていたから余計だ。

「外ではいつの間にか大商人にまでなっていますからね……」

「サレナ商会、調子いいみたいだな」

「……大聖女が商会長ですからね……評判もいいんです……」

「見た目もいいしな」

「……見た目に騙されてますっ」

レナの本業は大聖女、副業が商人だ。彼女の中では、比重(ひじゅう)が副業の方に偏っているのは確実だ。女王様とまでは言わないが、何者にも屈しない姿勢や見た目が、人々には人気がある。貴族にも商人として一歩も引かないので、憧れる者も多かった。

「見た目は大事だろ。ってか、教会の教育係と相性悪かったんじゃないか……？」

「はい……それで、相当厳しかったようで、あんな捻(ひね)くれ者に……っ、こんなことなら、断らなかったのですが……」

「教育係の候補に上がってたんだ？」

「ええ……ただ、私も当時はやりたいことがありましたから……」

十人の神使徒(しんしと)よりも、更に人々と近しい位置で活動するのが、神使徒に次いで神からの加護を強く受けた聖女と聖人だ。各五人の聖女と聖人の内、大聖女と大聖人が一人ずつ選ばれる。彼らは国々を渡り歩き、その地の問題を解決したり、人々に直接手を差し伸べたりする役目を持っている。

世界を回るのだから、体力も必要で、更には国々の文化や特色なども知っていなくてはならない。ただ加護の力が強いだけではなれないのが聖女や聖人だ。

そんな唯一の大聖女がレナだった。聖女や聖人は役目を忘れてはいないが、総じてかなり自由人だと聞いている。全員、副業あり。聖女筆頭がレナなのだ。想像は容易(たやす)いだろう。

《ごあんないしました》

「おう。いらっしゃい。玄関から来たなら歓迎するよ。席はこっちでいいか？」

「えへへ。いいわよ～」

「お邪魔いたします」

レナとアルシェがフィルズと神殿長の隣に座った。すぐにゴルドがお茶とケーキを用意する。その間、レナとアルシェは、クマに目が釘付けだった。

根っからの商人であるレナがゴルドに興味を持たないはずがなかった。それをフィルズも狙っていた。

「ねえねえっ、フィルっ。この子気になってたのっ。何これっ。何なのこれっ」

「強者の気配がします」

レナは好奇心、アルシェは感じる強さに興味津々だった。

「俺と母さんで作った魔導人形」

「っ、買います!!」

「売ってねえ」

「ええぇぇぇっ、じゃあ、一体派遣して」

「一年契約で能力給。有休あり、週休二日なら考える」

「うっ、能力給……っ、フィルが言うほどの能力……っ、それも休みの待遇もあり……っ、他にも秘密があるわね!?」

強気でくる理由があるはずだと、レナはきちんと察していた。

「当然だ。日増しに能力が増えていくぞ？　きちんと払えるか？」

ニヤニヤと笑うフィルズ。これにレナは必死で考えを巡らす。

「ハルティス鉱石を優先的に融通するわっ」

「「ハルティス鉱石!?」」

思わずというように声を上げたのは、この価値を知っているファスター王とリゼンフィア、トランダだ。王家でさえ手に入れ辛い鉱石で、魔力の伝導が良く、最高の魔導具を作れると言われていた。サレナ商会は、この鉱山を専有する権利を持っている。だが、フィルズはテーブルに頬杖を突いて、目を細める。

「へえ。けど、それでも少し足りないかもなあ」

「くっ、いいわ。他でもない親友のフィルとの取引だものっ。後は何が欲しいの？」

これを待っていたというように、フィルズは満足げな表情を見せた。

「聖女としての仕事を頼みたい」

「聖女の？　何をすればいいの？」

「そう難しいことじゃない。レナ姉もこの国の貴族の夫婦の問題を気にしてた時期があっただろ」

「ええ。歪過ぎて、イラつくやつね。女性に夢だけ見せておいて放置。男は女を養うだけで、無関係な他人並みに心を向けない。甲斐性なし共の問題よね？」

「「……」」

ファスター王もリゼンフィア、トランダも言葉を失くしていた。

「そう。その甲斐性なし共と、女達を正しく導いてくれ。丁度ここに……国の頭も揃ってる」

「へえ……ふふふ……それならやりやすそうねえ……」

「「……っ！」」

蛇に睨まれた蛙のようだとはこのことだろう。国王、公爵、侯爵と更に顔の広い元侯爵もここには揃っている。切り込むには最高の人選だ。

「それを了承してくれるなら……クマを一体、レナ姉専用で作ってもいい。それと、好きなだけ滞在してくれていいぜ」

フィルズはこれ以上ないほどの美しい微笑みで歓迎を示した。

レナは顔を赤らめ、両手で口元を押さえる。目は感動で潤んでいた。

「フィルの笑顔っっっ！　最高！　最高だわ！　やるわ!!　私はこのために商人と聖女になったのよ!!」

「……」

違うだろうとのツッコミを我慢して、フィルズは笑顔をキープする。これでこの面倒な問題から解放されるのだ。安いものだろう。その真意を察しているのは、この場ではヴィランズとバルトーラくらい。

「……さすがフィル坊……丸投げしやがった……」

「見た目……見た目に騙されてる……良い勝負だね……」

そして、レナはギラリと目を光らせてファスター王達を見た。

「ふふふっ。ならさっそく、そこの男共に現実を知らしめてやりましょうか……ふふふっ」

「「「っ!!」」」

空気が変わった。温度が二度くらい下がったように錯覚するほどだ。獲物認定された彼らはもう逃げられない。

「応接室もあるから、好きに使ってくれ。女の方は、公爵邸だ。よろしくな」

「任せてちょうだいっ！　リクエストはある？」

「そうだな……兄さんとリュブラン、それと母さんに、当事者達がきちんと謝罪することだな」

「りょうか～い。しっかり反省させるわ」

これでひとまずここは任せられそうだ。肩の荷が降りると安心していれば、ゴルドがフィルズの側にやって来て囁く。

《スーよりほうこくがはいりました》

「ようやくか」

ここで、フィルズが待ちに待っていた連絡が入った。

「通信の状態はどうだ？」

《りょうこうです》

「よし。で？　どっちと会えたって？」

《ケトルーアさまです》

それを聞いて、アルシェが首を傾げた。

「え……父ですか？」

「そう。仕事で辺境伯領に向かった知り合いに、クマを一体……」

クマと言ってゴルドを指差す。

「連れて行ってもらったんだ。で、ケト兄かスイル姐に会わせてくれって言っておいた」

「父か母に……」

クマをじっと見つめるアルシェ。そんなアルシェを、ファスター王が目を丸くして見ていた。

「っ、君は……辺境伯の娘なのか……っ」

「はい。アルシェ・ウォールガンです。私は母方の祖母に似ているらしく、父母とは似ても似つかないと昔から言われております。因みに、母は祖父似です」

「そ、そうか……」

アルシェは常に表情も声のトーンも変わらないので、嬉しいのか嬉しくないのかも分からない。王でも反応し辛かった。

「アル姉は、攻撃力が両親に似てるから、それで十分なんだろ？」

「はい。十分です」

少しだけアルシェの表情が変わったように見えた。照れたらしい。彼女は、両親を尊敬している。これにより彼女は、元冒険者で、世界中を巡りながら腕を磨いてきた父ケトルーアに倣い、レナの護衛などをしながら、武者修行のようなことをしているのだ。

アルシェの様子を見てフィルズは目元を和ませ、一度目を伏せた後、ゴルドへ伝えた。

「そのまま、スーはケト兄についているように伝えてくれ。そろそろ、森の氾濫の時期だろ。兆候があれば連絡を」

森の氾濫とは、魔獣達が暴走行動を起こすことだ。

《つたえました。でんごんです、『面白えもん作ったじゃねえか。試験はいくらでも手伝ってやるから、三体くらい寄越せ』とのこと》

「……相変わらずだなあ」

カツアゲする不良のようだ。ケトルーアは見た目も結構物騒なので、直接これを言われている姿を見られたら、周りから間違いなく誤解されるだろう。とても貴族だとは思えない。だが、当然これに怯えるフィルズではなかった。

「『気が向いたらな』と伝えろ」

《つたえました》

「はあ、俺もあれだけタッパがあればな～。あんなセリフ言ってみてぇ……」

「……フィル君……っ、や、やめてください！」

「フィルに筋肉は要らないと思う」

神殿長は泣きそうな悲鳴交じりの声を上げ、セルジュが真顔で詰め寄ってきた。

「っ……兄さん、顔。それマジ……」

「無理、辺境伯がどんな姿か知らないけど、フィルが大男みたいになったらヤダ……っ、やだよぉぉぉ」

「うおっ」

抱きついてきたセルジュが、本気で泣いた。フィルズは慌ててその背中を撫でながら宥める。

「わ、分かったから……ごめんって……」

「ううっ。僕より大きくなっちゃダメだからねっ」

「……それ、俺が調整すんの？」

セルジュがハッと何かに気付いたように体を離す。そして決意するように拳を握った。

「はっ。そっか、僕が鍛えればいいんだ……うん。フィルに置いて行かれないためにも、これが正解！　訓練してくる！」

「お、おう……夕飯できる頃にクルフィに伝える」

「うん！　行きましょう、リュブラン」

「ああ。コラン達も行くかい？」

「はい！」

マグナや他の少年達も、慌ただしく食堂を出て行った。

それを見送ってから、クラルスも立ち上がる。

「私もたまには体動かしてくるわ～♪」

「では、私もよろしいでしょうか」

「えっと、アルシェちゃんだったわよね？　いいわよ。そちらの聖女様の護衛は、フィルが何とかするでしょ」

「おう。問題ねえよ」

「なら、お夕飯の時に呼んでね～」

アルシェと共に、クラルスも食堂を出て行った。一度もリゼンフィアに目を向けなかったのは凄いとフィルズは感心する。リゼンフィアが寂しそうに、何か常に言いたそうにしていたのも、見事に無視されていたのは笑える。

そこで、待っていたというように、レナがフィルズを真っ直ぐに見て微笑んだ。

「ねえ。フィル……お願いとは別に……商談しましょ♪」

キラリと光る目は、獲物を決めた者特有の鋭さを持っていた。それを、フィルズも待っていたのだ。

「さすがレナ姉。気付いたか」

クマ達の真の価値。これにレナは正しく気付いた。

「まあね～。で？　できるの？」

「そのために、辺境に送ったんだよ」

ニヤリと二人は笑い合った。


クマを作ったことで、フィルズはできると思ったことがあった。

過去の賢者と呼ばれた転生者達の中には、携帯電話やスマートフォンを基に作った伝達ツールを、魔導具としてこちらで再現した者がいるはず。あの便利さは、曖昧な夢の中で知ったフィルズでも一度持てば手放せないと思ったものだ。ならば、きっとそれも過去には作られていただろう。

だが、その魔導具の設計図はフィルズの手元にはない。どこかの遺跡にあるはずだ。世界中に散らばる転生者達の記録。それらを見つけ出すのは神達からも願われたこと。何より、フィルズにも興味がある。そろそろそちらに手を出すのも良いと思っていたが、それよりも先に、伝達の魔導具は作っておくべきだと考えた。

貴族達に搾取されないよう、商会という基盤も整えた今、それらを再び世に送り出す時は来たと判断してもいいだろう。

「商会の名前は『セイスフィア』だったわね。古代語で『賢者の魂』」

レナは正しくその情報を手に入れていた。新たな商会の名前。その由来まで察したようだ。

「かつてあった、遠距離であっても一瞬で声を伝達することのできる魔導具も、実現可能ってことかしら？」

やはりあったようだ。これに、ファスター王達は息を呑んだ。

「っ……」

彼らもクマ達の可能性に気付いたようだ。驚愕している彼らの反応を見ながらも、レナが続ける。

「因みに、時間差は？」

「ゴルド、どうだ？」

《『観測班』より、ほぼどうじであるとのかくにん、できました》

「どういうこと？」

レナの問いかけに、フィルズは答える。

「伝える時、上空へ色付きの煙を上げている。それを、こちらで確認して、時間を測った。誤差があっても二秒もないだろう」

「な〜るほど。ん？　もしかして、この子だけじゃないの？　この子、ずっとここにいたわよね？　観測したのは別の子？」

ゴルドはずっとここにいた。その確認をできる位置にはいない。

「ああ、別のだ。観測したのは、外壁の物見台にいるやつだ。このクマ達は、全部が繋がっている。ただし、他の個体は伝える相手を指定して届けるのに対し、このゴルドと、もう一体だけは、全ての情報を集約して管理する」

ゴルドと、最初にフィルズが創り上げたホワイトだけは特別だ。コアとなる魔導具を管理し、情報を蓄積、そこから必要となる情報を適宜引き出す権限を持つ。

「だから、クマ達の一体が何らかの技術や知識を習得すれば、ゴルドに伝わり、精査した後に全ての魔導人形にその技術と知識を伝える」

「……それってっ……なら、同時にいくつもの技術や知識を習得することも可能ってことね？　同時に、情報も……」

「そう。戦闘力も付いているから、最初っからケト兄の所には、三体は送るつもりだった。二体を先行偵察させれば、その情報は後方に残した一体に時差なしで現状が伝わる。氾濫の時に、絶対に役に立つはずだ」

「……氾濫の時……ね。戦争では使わないってこと？」

フィルズとそれなりに付き合いが長いレナにとっては、これは必要な確認ではない。息を呑んで成り行きを見守るファスター王達の反応を楽しんでいるのだ。そして、何よりもこの答えを彼らに聞かせるためにあえて問いかけた。

「当然だ。戦争は所詮、人の業や欲によって引き起こされるものだろう。偵察も戦いも本人同士でやるべきだ。なんなら、剣一本でやりたい奴らだけでやればいい。娯楽として見せ物になるくらい役に立った後にならば、民心もついてくるんじゃないか？」

「あははっ。うんうん。聖女の立場から言うと、事故とか天災じゃなく自分達で原因を作って怪我してきて、治せとか言われるのが……腹立つのよね～。もちろん、巻き込まれた住民達にとっては、事故みたいなものだから、構わないんだけどね？」

チラチラと権力者達へ目を向ける大聖女。

「「っ……」」

精神攻撃が始まっているようだ。レナは、楽しそうに、フィルズにしか聞こえない声で呟く。

「ふふっ、弱らせて叩くとね……粉々にしやすいのよね～」

「楽しそうで何より」

フィルズにリゼンフィア達を助ける気は全くなかった。

「ふふふっ。で？　あのクマちゃん達はともかく、通信の魔導具が完成したら売ってくれるのよね？」

フィルズに魔導人形を売る気はないというのは、レナももう分かっている。だが、魔導具単体ならば別だ。

「もちろんだ。ただ、一つ協力して欲しい」

これに、フィルズは得意げに笑って答えた。

「なあに？」

「レナ姉なら、世界中に伝手があるだろ？　だから、どこまで通信できるかの試験を手伝って欲しいんだ。それをしてくれたら……専属契約でもいいぜ？」

「いいわ！　なら、契約しましょう！」

「おう」

これで、準備は整った。

ミッション⑤　話し合い後(のち)、演技指導

　迷惑な客達が来て二日が経った。

　この二日、レナと神殿長により、夫と妻達は個別に面談し、説教され諭(さと)され、更には今後のこの国の夫婦問題についてまで話し合っているようだ。

　第三王妃とミリアリアもレナが介入して一日ですっかり大人しくなった。その要因の一つは、フィルズの提案によるものだ。

『自分と向き合うには、文字にするのが一番だろ。面談待ちの間、反省文書かせればいいんじゃないか？』

　適当にも思える提案だったが、これは正解だったようだ。

　彼女達は一日中、何十枚も反省文を書いた。迷惑をかけた事柄と人それぞれに、大量に。そうして、全てを吐き出すと、彼女達は憑(つ)き物が落ちたように大人しくなったのだ。まるで、胸に溜まりまくっていた悪いものを全て吐き出せたというように。

　いくつも書いたことで、考えもまとまり、何がいけなかったのかが明確に認識できるようになっ

た。すると次に何が起きたかというと、色んなものを吹っ切れた彼女達は、夫や地位に固執していたことが嘘のように穏やかになった。寧ろ、それらがどうでもいいことだと思えるようになったようだ。

「……私……なぜあんなにあの人に好かれていると思っていたのかしら……」

「王妃なんて……面倒しかない場所に、なぜあれほど拘っていたのかしら……」

そう思うようになったところに、大聖女の能天気な言葉がかかる。

「貴族の男なんて、大した面白味もないわよ～。世の中には、もっと面白い男も、貴族よりお金持ってる男も、強くて頼り甲斐のある男も、可愛くて見てるだけで幸せになれる男もいるわよ～。もっと自由を求めましょう？　できることを増やして、自分の可能性を見つけて、人生もっと楽しみましょう！　ちっさい箱庭で生きるなんてもったいない～」

完全に夫を捨てさせようとしているようだが、フィルズは知らない振りで通した。レナは独身主義だったと今更ながらに気付いたが、もう遅い。これらの会話は、公爵邸に放っているウサギの隠密部隊によって、フィルズには全て筒抜けだった。

ここから、彼女達は目覚めた。まずは自立しようと考えるようになったのだ。

「もっと、子どもの頃から色々とやってみるべきだったわ……」

「貴族家の環境を利用しない手はないわよね。お金もあるし、一番はメイドが側にいることかもしれないわ。その技術を手に入れておけば、いざという時に一人でも生きていけるもの」

公爵邸で、普段のメイドや侍女達にではなく、女神官達に世話をされて過ごした二人は、自分達が本当に何もできないことに気付いたらしい。

簡単な着替えも一人ではできないのだ。その日に着る服も用意できないことに愕然としたらしい。

そうしたできないことを、彼女達に自覚させるのが、女神官達は上手かった。

「考えてみると、お茶会なんて時間の無駄でしたわよね……社交性を身に着けるって言いますけれど、あれはただの嫌味合戦の場ではありません？」

「そうそうっ。どうやって相手を言い負かすかを考えて……もちろん、話術を磨くには必要なことですけれど、アレ……見苦しいわよね……」

ミリアリアと第三王妃はいつの間にか意気投合していた。

「嫌味しか言えなくなると苦しいですし……終わった後に、性格が悪くなっているという嫌悪感が……」

「あるわ！　それで悪女とか呼ばれるのよっ。わたくしだって、言いたくて言ってるわけじゃないのにっ。全部わたくしのせいだって言うのよ！」

「そうです！　わざわざ嫌味を言ってくるから、こちらも返しているだけなのにっ」

「ううっ。第二王妃のことだってっ……」

こうして、鬱憤（うっぷん）も晴らしていったことで、夢からは完全に覚めたようだ。

彼女達は、お互い初めて本音で話をし、対等に考えていることを口にするという関係を築いた。

それがとても楽しそうだった。

そして大聖女の言葉がトドメを刺す。

「アレよね〜。男も女も、貴族って特に、恋人や友人もアクセサリーかなんかと勘違いしちゃうのよ。高いのとか、綺麗なのを身に着けてると注目されるでしょう？　それが気持ち良くて、高望みしちゃうのよね～」

「……そうだったかもしれません……」

「……そんな気がしますわ……」

改めて、自分達の行いを見つめ直していた。これを知って、フィルズは苦笑する。

「悟りを開きそうだな……」

反省文については、男達にも適用した。彼らは仕事柄分析が得意だ。よって、自分達のダメさをきちんと把握できたようだ。

リゼンフィアとファスター王は、しきりに謝りたいと、クラルスやリュブランへの接触を図っていた。しかし、セルジュやコラン、マグナ達はもちろんだが、クマ達もそれを許さなかった。物事には順序があるということだ。

そして、その日の夜。そろそろ皆も寝静まるという頃。訓練所で一人、剣を振っていたフィルズの元に、リゼンフィアがやって来たのだ。

◆　◆　◆

リゼンフィアは、この国の宰相として難しい他国相手との交渉事も難なくこなしてきた。現状のように、容易く接触もできない相手との交渉も根気強く待ち、実現してきたのだ。だが、今回は勝手が違う。全く上手くいかない。

最初は手紙だった。相手との会談を取り付けるにも必要なこと。どれだけ無視されても根気良く。キレたら負け。誠意と考え続けること。それが大事だと分かっている。

「……大事だと……分かっていたのに……」

それを大事なはずの人に向けなかった。後悔しきりだ。

そんな様子を、ラスタリュートは部屋に用意されたクッキーを呑気に齧りながら見ている。第三王妃の護送担当としてやって来たラスタリュートだったが、実際は、友人のリゼンフィアのことが気になり、王に同行したのだ。

「アレよね～。変なところであんた、我慢強いんだもの。会うの我慢し過ぎたわね」

「……」

リゼンフィアをここまで追い込むことになった、この世界にある迷信の一つ。それが『病気になった大事な人には、全快して会いに来るまで会いに行ってはならない。それをした場合、不幸になる』というもの。

「初日にねえ、私、フィルズ君と話したの。一応はあなたの弁護をしておこうと思って、病気だと思っていて、迷信を信じて会いに行かなかったんだよって」

「っ、それで……？」

紅茶を一口飲み、ラスタリュートはため息を吐いてみせた。

「フィルズ君。この迷信を知らなかったみたいで。不信そうに眉を寄せた後に、めちゃくちゃ爆笑したわ。『バカじゃねえの？　ってかどんだけ医療が衰退してんだ!?』って、最後は怒ってたけど」

病は感染る。だから、側にいるのは世話をする者達だけで、特に家の当主やその跡継ぎはその者達の部屋に近付いてはならない。そこからできた迷信だ。医療の知識も技術も衰退した中で、人々を守ってきた迷信でもある。

かつて、この迷信を信じずに一族が滅びたという事実もあり、なぜ、どうやって病が感染るのかを知らない者達にとっては、大事なことだったのだ。それを逆手に取られるとはリゼンフィアも思ってもみなかった。

「……知らなかったなら、余計に私の印象は良くなかっただろうな……」

「その上、第一夫人への対応の仕方とか知ってたらね～。『妻や子を満足に養うこともできないクズ男』って思ってたみたいよ」

「思ってた……」

思っているだろうなというラスタリュートの感想ではなく、事実としてフィルズが思っていたことだという。これに、リゼンフィアは撃沈した。

そんな様子を、苦笑いを浮かべながら見つめるラスタリュートは、一つ気付いたことを口にする。

「思ったんだけど、クラルスちゃんやセルジュ君へのガードは固いけど、フィルズ君の方はそうでもないのよ。攻めるならそこかな～って」

「つ……先にフィルにと……いうことか」

「そうっ。あれだけはっきり色々考えを持ってる子だもの。弁明する機会を与えないような子じゃないと思うのよね」

「……」

ここでようやく、順番を間違えたかもしれないとリゼンフィアは気付いた。

「……焦り過ぎたか……」

「ほら、アレよ。『娘に会う前に、まず親である俺を通せ』ってやつ」

「……フィルは息子だ……」

「精神的には、立派にあの子がクラルスちゃんの父親か兄だと思うの。それに、再婚を願うようなものでしょう？　なら、息子に先にお願いするのは正しくない？」

「まだ別れてないっ……が、なるほど……」

断じて別れてはいないが、状況的にはそれがピッタリだ。母親との再婚を願うのに、その息子の許可を取るのは正しく思う。

「フィルに会ってくる」

リゼンフィアが気迫も十分に立ち上がる。しかし、そこでラスタリュートは待ったをかけた。

「昼間は忙しそうだからやめた方がいいわよ。これ以上迷惑かけて嫌われたら、挽回する術を失くすわ」

「っ……」

既にマイナス評価なのだ。これ以上減点を重ねるのは良くないとリゼンフィアも思い留まる。だが、早く会って話をしたいという焦りもある。それをラスタリュートも見透かしていた。

「慌ててもいいことないわよ。いつもの冷静沈着な宰相の仮面はどこに置いてきたの？　まったく……フィルズ君なら、夜に訓練場で剣を振ってるわ。あれは習慣でしょうね……だから、会うならそこよ」

「夜に……訓練場……分かった」

ラスタリュートは素直に頷くリゼンフィアを見て、クスリと笑って呟く。

「似てるのはこういうところかしら……」

外見はクラルスにとてもよく似ているフィルズ。見た目からは、目の色くらいしか、リゼンフィアと同じところはない。けれど、ここ数日のフィルズを陰で観察したり、町で聞いたフィルという人物は、性格が少しリゼンフィアと似ているところがあると気付いた。

その一方で、初日にフィルズの言葉を聞いたリゼンフィアは、かなり落ち込んでいた。フィルズが自身の力だけで強くなっていたこともそうだが、自分に似ているところがないことにも傷付いたらしい。

何より、リゼンフィアがいなくても、ここまではっきりとした意見が言えるほどに育ったことに衝撃を受けていた。自分がいなくても、ミリアリアから邪険にされ続けても、フィルズは一人で生き抜き、育った。その事実がリゼンフィアにはかなりこたえていたのだ。

「許してもらえるかはともかく、ちゃんと、話ができるといいわね」

「ああ……」

リゼンフィアは、待ち切れないというように、まだ明るい窓の外へと目を向けていた。

そして、月も高く昇った頃。訓練場にいるフィルズの元へと向かったのだ。

◆　◆　◆

初日にフィルズは、騎士団長だというラスタリュートと話をし、父であるリゼンフィアがなぜ今までクラルスとフィルズを放置していたかという理由を聞いていた。

その後すぐに、二階に駆け上がって特別な結界を張ってある部屋に飛び込んだ。それは、神気を確実に遮断するもので、守護獣であるハナの結界を元に組み上げたものだ。

よって、この部屋でだけは、主神リザフトが顕現しても、その神気が外に漏れることはない。

部屋に入り、扉が閉まるとすぐにリザフトが部屋の中心に顕現した。

「リザフトっ……なんだよあの迷信！」

こちらの事情は、リザフトなら察することができると踏んで、簡潔過ぎるほど簡潔に問いかける。

「いやあ。あれはね～。仕方ないよ。貴族は特にね。実際に一族の血が絶えたってことが何度かあったから、余計にね」

「だから、根拠も知らないのに真実味を帯びたってか。ほとんど自然治癒に任せるって状態に疑問を持てよな……」

呆れたものだ。避けるだけ避けて、それでとにかく他の血族が守られれば良いという考え方。そこでおしまい。

「病気の予防と治療以前に、感染らなければいいって考え方になっちゃったんだよね～」

「……診断できる人間も、もうほとんどいないんだもんな……」

「うん。困るよね～」

「……」

リザフトはどうでも良さそうだ。実際、神官がいれば、完治できなくても命の強化はできる。よって、自然治癒に任せても、それほど深刻になることはなかったようだ。

因みに神官達など、命の神であるリューラの加護が強い者は、滅多に病気にかからないのだ。他にも、リザフトに危機感がない理由はちゃんとあった。

「そんな深刻に考えないでよ。一国が滅ぶほど感染力がある病は、発生しないんだよ。それに、春に『目覚めと除厄』の祭事をきちんと行ってるなら、神官達の祈りで辺りを浄化できるんだ」

「……なんだそれ。祭事で消毒してんの？」

「うん。空気の入れ換えみたいな？」

「なんで疑問系なんだよ……」

「いや、こう、寒気を除くっていうか……そんな感じになるから」

「……なら、冬に風邪引きやすくなるのは、その入れ換え前だからか」

「そういうこと～」

一年の悪い気、空気が冬には溜まっているからということらしい。

「はあ……まあ、分かった。それで？　医療系はどうすんだ？　このままいくのか？」

「ううん。さすがにね～。それに、迷信を信じてるのは貴族だけだよ。庶民はそもそも、病気になった家族を放置なんてしないしできないし。家族で面倒見るしかないじゃない？　だから、君も迷信知らなかったんでしょ」

「……そうだな」

フィルズが知らなかったのは、庶民の中に浸透していない迷信だったからだ。

「なんだっけ、賢者達が言ってた……薬の……お店、薬屋じゃなくて……」

「薬局？」

「っ、それ！　商会の中に入れて欲しいな。そうしたら、フーマ達も穴蔵から出て来るかも」

「っ、分かった」

フィルズは前向きに検討することに決めた。

薬神のゼセラと医術神のフーマは、薬学や医学を思うように広められない現実に失望し、賢者の隠れ家という場所に二人で籠ってしまっていた。凝り性だというその二人には、フィルズも是非とも会いたいのだ。会いに行けないならば相手が来たくなるようにすればいい。

「じゃあ、そういうことで～。あと、早く電話みたいなのは作ってね。あ、それと一つだけ、大聖女に伝えてくれる？　第三王妃のことなんだけど……」

「ん？」

伝言を一つ預かり、フィルズは薬局の計画の前に、電話のような『遠話機』の作製を急いだ。そうして、昼間は魔導具作りと店の開店準備に奔走し、夜は気晴らしに剣を振っていたところに、リゼンフィアがやって来たのだ。

ようやく『遠話機』が完成し、明日からは試験をと、目標をやり遂げた満足感を覚えながら、気持ち良く剣を振っていたフィルズは、リゼンフィアの姿を見て、思わず眉を寄せた。

ここ二日で、リゼンフィアがミリアリアとも何度か話をしたり、代官であるジェスを尋問したりと動き回っていたのは把握していた。当然、領主としての仕事もしている。久しぶりに仕事としてではなく戻って来たのだ。やることはいくらでもあった。

だが、そんな中でもそろそろ言いたいこともまとまり、来るだろうとは予想していた。

「その……邪魔をしてすまない……」

「……別に。来るかなとは思ってたところだ」

「っ……そうか……」

「……」

会話が続かない。

フィルズはため息を吐きつつ、仕方なしに屋根のある休憩所を指差した。そこには、淡い光が灯っている。

「あそこで話するか」

「……ああ」

訓練を見学する者のためにも、と広めに作られた場所だ。訓練場と言っているが、もっと気楽に使える運動場のようなものとして作った。

孤児院の子ども達が運動会でもできたらなと思って設計したため、この休憩所には野外バーベキューができる設備もある。当然、お茶や食事ができるテーブルと長椅子が並んでいた。両側の壁には、それぞれ二メートルくらいの高さの戸棚が並ぶ。左側はロッカー。右側が調理道具やお皿などが入っている戸棚だった。

フィルズはその戸棚の一つを開けて、振り向きもせずに確認する。

「紅茶でいいか？」

「っ……ああ……」

そこからマグカップと紅茶の茶葉の入ったティーバッグを二つ取り出す。その棚の中には、水のサーバーも入っており、そこから水をカップに入れて温める。カップは温冷自在の魔導具だ。発動して五秒ほどで熱めのお茶が入った。濃くなり過ぎないよう、ティーバッグを取り出してそれを大きめのティーポットに入れておく。カップだけを持って、近くの席に置いた。

休憩所に一歩入って、棒立ちのままのリゼンフィアへ、フィルズは目を向けた。

「こっちに座れよ」

「……ありがとう……」

「ん」

フィルズは、今度は下の方の戸棚を開け、中からミルクピッチャーを一つ取り出す。これは少し大きめで、一人用ではない。３００㎖(ミリリットル)は入る銀の入れ物だ。この下の戸棚は冷蔵庫だった。各種ジュースも入っている。ミルクピッチャーも持って席に戻ると、ようやくリゼンフィアも居心地悪そうにだが、座ったところだった。

「この紅茶はミルセの茶葉で、ミルクティーにするのがオススメなんだ」

フィルズは、自分のカップにミルクを注ぎ入れながら、リゼンフィアの向かいに座った。

ミルセの紅茶は、アッサムティーのような香りと味で、フィルズが一番力を入れて探した拘りの茶葉だった。

「ミルクを……紅茶に……」

「ああ。そうか。普通しないんだっけ。そのままでも、かなりあっさりした後味だから、飲みやすいと思う。お代わりはあるから、まずそのまま飲んでみるといい」

「……ああ……っ……美味いな……香りも……っ」

リゼンフィアの表情は変わり難い。だが、同じように変化を見せない男達がフィルズの周りには多いので、今のリゼンフィアの表情から、その紅茶を素直に美味しいと、気に入ったのが分かった。

「……不思議だ……ここへ来て、驚くことばかりある……紅茶一つ取っても……毎日違う香りと味の紅茶があるとは思わなかった……」

「みんな結構、食については雑だよな。ほとんどの奴が茶葉なんて一緒だって思ってんだろ。商業ギルドでも混ぜて売ってんのが普通だって聞いて驚いた」

驚いたというか、キレた。

たとえ高級な茶葉として売っていても、ただ単に輸送費が高いだけで、特定の産地の茶葉を混ぜたものだ。一般に流通しているものも、なぜかその国で作られた茶葉を全部集めて混ぜていた。品種もごちゃ混ぜ。味も匂いも何も気にしていない。

茶葉の輸入はほとんどしておらず、愉しむものでもなかったようだ。それは拘りがありそうな貴族でもそう。どうにも、食についての認識だけは緩いらしく、そこに拘りもなかった。味よりも、金額という、分かりやすい価値を求めるということなのだろう。

「野菜でも土地によって育つものが違うんだ。茶葉だってその土地に合ったものになってる。なのに、雑に混ぜやがって……品質管理も適当だから輸入なんてできねえし……そもそも茶葉に品種があるのも知らねえとか、衰退し過ぎだろ……」

「……」

このいい加減さが、文化や文明を衰退させた一番の要因だろう。リザフトが言っていた。

『賢者ってさあ、なんであんなきっちりしてんの？　几帳面過ぎない？　って思ってたけど、あれくらいは必要なことだったんだな～って、今なら思うよ！』

思わず『気付くの遅えよ』と怒鳴ったフィルズは悪くないはずだ。

話に聞いた賢者は、それほどきっちりしている世代ではなさそうだった。フィルズの持つ微かな前世の記憶からしても、几帳面と言われるほどしっかりしていたのは、彼らの親かその前の世代だ。だから、賢者達のきっちり具合は、多分最低ラインに近い。

その程度でさえも几帳面と言われたのだ。この世界の現状がよく分かる。最低ラインはとっくに下回っていた。

一つ一つを大切に。丁寧に扱い、確実に。それができていないのだ。認識の違いだろうが、何でもかんでもまとめて、全体的に問題なければ良しとするのは、場合によっては仕方がないにしても、一つ一つを見ることもできるのが前提条件であって欲しい。

「今回の問題も、これと同じだ。一つのもの、個としてあんたらは見えねえんだよ」

「……」

「貴族は領主としての考え方が普通で、一人を見るのが苦手なんだろう……だから間違える。そこに、妻や子っていう身内は……絶対の味方であるべき者って甘えがあって……更に拗れるんだ」

「……そう……だな……」

夫という立場になっていれば、妻や子にどんな対応をしても、あるいは何をしなくても許されるのだと思っていた甘えがあったはずだ。それを、リゼンフィアも今は自覚しているようだった。

リゼンフィアは紅茶の香りで心を落ち着け、考えをまとめていく。そして、まずは言わなくてはならないことをきちんと口にしなくては、と立ち上がって頭を下げた。

「っ、すまなかった」

「……」

「口にしなくては、伝わらない……行動を伴わなければ、信じてはもらえない……分かっていながら、それを怠った……フィルの言う通り……私はお前達に甘えていた……っ」

それがリゼンフィアの出した答え。ただ謝るだけでなく、その前にきちんと何が悪かったのか理解しているのは、その声からも分かる。

もちろんフィルズも、クマや隠密ウサギ達によって、大聖女に提出された反省文は確認済みだ。

反省文というか、もはや論文に近かった。それだけ自己分析も完璧にやったのだ。アレを今口にされても困るので、これはこれで良い。

「……」

とはいえ、フィルズはどう声をかけるべきか迷った。誤解もあった。この世界の貴族社会の常識も邪魔をした。だからこれだけ拗れている。

リゼンフィアだけがおかしいわけでも、悪いわけでもなかった。ミリアリアの暴走はともかくとして、クラルスとは好き合って一緒になったのだ。結婚したから、手に入れたから、その後はどうでも良いと捨て置いたわけではなかった。まだフィルズは良い方なのだと、コラン達——リュブランについてきた者達の事情を聞いて思ったものだ。

コラン達は、少なからず父親や兄達に暴力を受けていた。そうして、使えないと見放されたことで、母親達が暴走し、今度は彼女達に精神的な支配を受けていたのだ。そうした家庭が大半で、両親の問題が子どもにまで降りかかっていた。

教会は、助けを求めて来た者の話は聞くし、問題解決のために介入する権限も持っている。だが、そもそも助けを求めてくれなくては動けないのだ。

この世界では、貴族の家庭でそのような問題があるのが当たり前で、耐えて生きていくのも当たり前。周りがおかしいと思っても、それが貴族の普通だと認識されるために、問題として打ち明ける者はいなかった。常識とされることを、問題だと声を上げることは困難だ。仕方がないと思うしかない。

ただし、感情や心の問題は無視すべきではない。フィルズには、朧げとはいえ、前世の記憶もあり、幼い頃から一人でも平気だった。これが本当に何も知らない子どもだったならどうだろうか。きっと何度も絶望し、愛情を渇望し、病んでいっただろう。フィルズは幸運だったのだ。

だから、『クソ親父』と罵っていても、フィルズの中に憎しみはなかった。ただクラルスが気の毒だっただけだ。自分のことをも客観的に見られるからこそ、今こうして息子に頭を下げる父親に、どう声をかけるべきなのかをフィルズは迷っていた。そして、ようやく出たのは正直な気持ちだった。

「……俺は……あんたを恨んでない」

「っ……」

リゼンフィアはビクリと顔を上げた。かつてカナルが父親と同じ色だと言っていた翡翠色の瞳が、真っ直ぐにフィルズの方を向いた。それをようやく確かめられたと思ったから、次に出た言葉はその瞳を見つめて紡がれた。

「……本当に、同じ色だ……」

「っ……フィル……？」

「っ、ああ……瞳の色がさ。顔も髪質も母さんに似ちまって、男らしさの欠片もねえって小さい頃に愚痴ったことがあって……その時に、カナルと兄さんが言ったんだ……瞳の色は父親似だって……そん時はそれが……嬉しかったんだ」

「っ……」

とても嬉しかった。セルジュは瞳の色は青で、ミリアリアの色を受け継いでいたし、妹もそうだ。貴族の中でも、翡翠色の瞳は受け継がれにくいらしく、フィルズが出会ったことのある者達の中には、その色を持つ者がいなかった。それも、フィルズとリゼンフィアが持つ翡翠色は、本当に宝石のような、煌めくような、鮮やかな翠なのだ。

それは特別なことのようで、その色に出会えないことを残念に思いながらも、少し嬉しくもあった。

「母さんも多分……この色は好きなんだと思う。向かい合って座ると、たまに真っ直ぐ見てくるんだ。覗き込むみたいに。そんで目が合うと嬉しそうに照れたみたいに笑って誤魔化してた。アレは多分……同じ色を見てたんだ」

「っ……クラルスがっ……っ……」

堪え切れない涙が、リゼンフィアの翡翠色の瞳を濡らしていた。手で覆って、座り込む。今でもリゼンフィアがクラルスのことを好きなのだと、会えなくて辛い思いもあったのだと分かってしまった。

これでは、ますます怒れない。だが、ここまで拗らせた罰は必要だ。それをフィルズはリゼンフィアが泣きやむまでにと考えながら、ロッカーからタオルを一枚持って来て渡してやった。

「コレ使え」

「っ……」

素直に受け取るリゼンフィア。大の大人が、それも冷静沈着な宰相と有名な男が泣いている。涙の止め方も分からず戸惑っている。それに苦笑しながら、紅茶のお代わりをと立ち上がった。

それを淹れているうちにリゼンフィアは落ち着いてきたらしい。

「落ち着いたか？」

「っ……ああ……すまない……っ」

「ん」

そして、フィルズは思いついた罰について口にした。

「なあ、俺の絶縁状と母さんの離婚届、まだ持ってるか？」

「っ……持っている……」

泣き顔で、更に悲愴な顔になったリゼンフィア。だが、フィルズの口調は変わらない。

「それ、書いて出すだけの状態にして、俺に渡してくれ」

「ど、どうすっ……」

「慌てんな。すぐに提出するとかじゃねえよ。ってか、提出した方がいいか？」

「だめだっ!!」

「っ……」

ビックリするくらいの大きな声で否定された。これに目を丸くしながら、フィルズはふっと笑った。

「言ったろ。すぐに提出しねえよ。けど、そんだけ拒否るなら、十分効果はありそうだなあ」

「……っ」

不安そうにするリゼンフィアに、フィルズはニヤリと笑って見せた。

悪い顔になってるよと、神の誰かが耳元で囁いたように感じた。これは仕方がない。罰は必要だ。それも、本当に努力が必要な罰が。そうでなければ、身に染みないだろう。

その上、この男が持っている地位は、大変使い勝手が良い。だから、課題として条件を出すことにした。何より、フィルズやクラルスが今後憂いなく生きられるようにするためだ。

「俺が出す条件をクリアできたら、書類は破棄してやるよ。どうする？」

今してるのが悪い顔かと、他人事のように思いながら自覚し、怯えたような様子のリゼンフィアへ問いかける。これに覚悟を決めた顔で了承の言葉が返ってきた。

「っ……分かった。何をしたらいい……」

「宰相の仕事が忙しいのも分かるから……三年。三年以内に、リュブランも含めたコラン達、残ってるリュブランの元騎士団のメンバー全員が教会の保護が必要ない状態にすることだ」

「……教会の……」

それは、彼らを追い詰めた親達や、家の問題を解決し、全てを明らかにしなくてはならないということ。教会が問題なしと判断するには、彼らの名誉を回復するというのも入ってくるだろう。

今回のリゼンフィア自身の問題と同様に、夫婦の問題も関わってくる上に、跡取りの問題など、家庭問題が盛り沢山詰まっている。せめてこの国の常識だけでも変えて欲しいのだ。そうでないと、今後も最低な貴族が量産され続けることになる。それは非常に鬱陶しい。

商会としても、家庭問題のない貴族との取引の方が嬉しい。プレゼントを贈れる相手は多い方が良いのだから。そんな企みもありながら、フィルズは、頬杖を突いてニヤリと笑う。

「これが条件の一つ」

「ひ、一つ……っ」

相当面倒臭い課題を提示されたというのに、まだあるのかと、リゼンフィアは表情を歪めた。泣いたからか、感情が顔から読み取りやすくなった。困っているなと感じながらも、フィルズは右手で二本の指を振って続けた。

「ああ。で、二つ目は、母さんと逃げずに向き合うこと」

「……逃げるなんて……」

リゼンフィアは、あり得ないと思っているだろう。寧ろ、会いたいのだから。

しかし、フィルズは分かってないなと鼻で笑う。

「軽く考えてると、怪我するぞ？　まあ、しゃあねえよな？　夫婦って関係を正しく持ててねえもんな～」

「……どういう……」

要は、きっちり叱られて夫婦喧嘩しろということ。だが、リゼンフィアにはそれが想定できないだろう。向き合わなければ、喧嘩なんて成立しないのだから。

「まず、今のあんたと、母さんの気持ちに差がある。それに気付け」

「……差……クラルスは……私に会いたくないと……」

リゼンフィアは寂しそうに、悲しそうに眉を寄せ、目を伏せる。そこにある感情を察しながら、フィルズは告げた。

「いや、会いたいとか会いたくないとかいう軽い考えじゃねぇよ……とりあえず、コレ渡しとく」

「これは……？」

リゼンフィアにフィルズが差し出したのは、お守りだ。『家内安全』みたいなつもりで作った。

だが、刺繍してあるのは【心身安寧】と【身体害傷耐性】の加護刺繍。この【身体害傷耐性】は、体に害のあるもの、例えば毒や怪我を負っても、受けるべきダメージの80％を耐え抜くことができる。ほとんど無効にできるのだ。殴られても痛みはあるが、大怪我にはならない。最悪、刺されても80％助かる。

「最近、教会で作って販売することになった『御守り』の強力なやつ。怪我しにくくなる。絶対に身に着けてろ」

「わ、分かった……」

なぜかと問うよりも先に、嫌な予感がしたのだろう。リゼンフィアは、素直に受け取った。

「よし。まあ、母さんとのバトっ……顔合わせは、書類に署名をしてからだ。明日の朝に受け取る。もう寝ろ。明後日には王都に戻るんだろ。休める時に休んどけ」

「……分かった……その……フィル……」

「ん？」

これ以上は話をしないと分かっているのだろう。リゼンフィアはゆっくりと立ち上がってから、最後にと口を開いた。

フィルズは変わらずミルクティーの入ったカップを傾けながら、目だけをリゼンフィアに向けた。

「っ……手紙を書く……だから、気が向いたらでいい……返事をくれないか……っ」

「……」

目元は、泣いたから赤いのだろう。だが、頬と耳が赤くなっているのは、こんなことを言う恥ずかしさからだ。

「……そういうとこは、兄さんと似てるよな」

「っ、セルジュっ……と……？」

少し前の、まだ遠慮があったセルジュの照れ方と同じだなと思ったら笑えた。

「ふっ、いいよ」

「っ!!」

この瞬間、更にリゼンフィアの顔が赤くなったが、フィルズは笑っていて気付かなかった。フィルズは知る由もないが、口元に手を当てて笑うその姿は、リゼンフィアからすれば、出会った頃のクラルスにそっくりだったのだ。

緩みそうになる口元をリゼンフィアは慌てて手で隠し、顔を背ける。さすがに息子に惚れてはいけない。

「ありが……とうっ……っ」

「ん。ああ、あと、代官のジェスだが、兄さんがそろそろ剣持って殴り込みに行きそうだから、どうにかした方がいいぞ」

現在ジェスは、取り調べを受けている。ミリアリアに頼まれて、毒の入手などに手を貸していたようだが、領費に手を付けていたとか、そういった不正はなかった。ジェスとしては、そんなことをしてミリアリアの側から離れることになるのが嫌だったのだろう。ある意味誠実な男だった。

「っ、フィルは……腹が立たなかったのか？　毒を盛られていたフィルが訴えれば、すぐにでも厳罰を……」

「いや。俺としては、仕事はちゃんとできる奴だし、どうでもいい。何より……あそこまで役割で頭を使い分けられる奴は中々いないだろ。今時、領費をくすねない代官は貴重だぞ」

「……いや……だが……」

フィルズはジェスに感心していた。彼は、代官としての働きと、ミリアリアの従者としての働きを、きちんと分けて考え、行動していたのだ。それも半端にならず、役割をしっかりと完璧にこなしていた。

「もちろん、何も罰なしとなると、兄さんが納得しなさそうだし……減給とか、しばらく休みなしとかくらいでいいと思ってる」

フィルズの手紙を届けることは、正確には代官の仕事ではない。たまたま、報告書のついでに手紙を送るという、ついでのもの。だから、代官として罰することはできない。

だが、故意にこれを除けていたというのが知られてしまったから、上司であるリゼンフィアの信頼を裏切ったという結果になっただけだ。

「毒を盛ったのもあいつじゃないし、寧ろ……あの入手経路とか、伝手が惜しい……間違いなく、アイツは有能だ」

「……っ」

フィルズが心底そう思っているというのは、リゼンフィアにも分かったようだ。

「っ……わ、私も……っ」

「ん？」

悔しそうに歯噛みするような表情のリゼンフィア。それをフィルズが不思議そうに見上げると、バツが悪そうに目を泳がせ、拳を握る。その片方の手には、フィルズから受け取ったタオルが握られていた。

「っ、条件を必ず、やり遂げてみせるっ……だから……待っててくれ……っ」

「……おう……そうだな。なら、それがクリアできるまで、とりあえず身内未満ってことで、公爵って呼ぶよ」

晴れやかな笑顔を見せるフィルズ。リゼンフィアは言われた言葉をなんとか頭で理解する。

「っ!?　なんっ……っ、わ、分かった……っ、これも罰……か……っ」

リゼンフィアの目に、また滲み出した涙にはフィルズは気付かなかった。父と呼んでもらえないことが、リゼンフィアにとっては一番の罰になりそうだというのは、フィルズにとって思いもよらない効果だった。


翌日。フィルズは、朝食が終わって少しした頃に、クラルスを二階の一番広い部屋に連れて来た。

ここは、ダンスホールにもできるし、楽器の演奏も存分にできるようにと、音響、防音を考えて作られた特別な部屋だ。

「フィル？　今日は何するの？」

「ん？　声出しと本気の演技練習とでも言ったらいいかな」

フィルズは、部屋の扉を開けて、クラルスを中へ促す。

「なあに？　劇でも観せ……」

「っ、ク、クラルス……」

そこにいたのは、先にフィルズが連れて来ていたリゼンフィアだ。今日もとても気まずそうな顔をしている。それも仕方ないだろう。ここに連れて来た時にフィルズが言ったのは『本気の夫婦喧嘩。頑張れよ♪』だ。息子に喧嘩しろと言われる父親が果たして他に存在するだろうか。

「フィル？」

クラルスが後ろにいるフィルズを振り返る。これにフィルズはニヤリと笑った。

「やってみたいって言ってただろ……夫婦喧嘩♪」

「……」

クラルスは言葉を失った。これ幸いと、フィルズはクラルスを部屋に押し込んで扉を閉めにかかる。

「えっ、ちょっ！」

「心配すんな。御守り渡してあるから、物理でやるのも許可する！　あ、剣はダメだからな。朝食も少なめにしたから大丈夫だ。じゃあっ」

「御守り……物理……？　朝食？　えっ、ちょっ！　フィっ」

扉を閉めてしまえば、中の声は全く聞こえなくなった。

「防音、完璧だな。よし、それじゃあ、ホワイト。ここ頼む」

《しょうちしました～》

実は、中の様子が分かるように、隠密ウサギが一匹、中に控えている。いくらクラルスが暴れても、リゼンフィアが死ぬことはないだろう。

因みに、朝食うんぬんは本当だ。リゼンフィアには、控えめにしておいた。腹を殴られて吐いても大丈夫。

「ピアノ入れる前で良かった」

壊されたら泣くところだ。今はただのだだっ広い部屋でしかない。

「さてとっ……オープンまでにコレの試験もある程度終わらせておかないとな」

フィルズが左耳に触れる。そこにあるのが、完成した『遠話機』の一部だ。耳飾りの形で作り上げている。これがスピーカーとマイクの部分。形は、耳の外側に引っ掛ける『イヤーカフ』のようなものになった。落ちないよう、耳たぶの所で挟んで固定する。

電池の代わりに魔石を使用。前世の夢で知った骨伝導(こつでんどう)を利用しており、音声による指示もできる。本人達の声以外は遮断するので、盗聴(とうちょう)には使えない。冒険者や騎士達も使うことを想定し、指輪や腕輪ではなくこの形にしたのだ。武器を扱うのに邪魔になるのは良くない。

このデザインについても、フィルズは趣味に走った。デザイン画用に用意したA３サイズの用紙には、隅から隅まで様々な大きさで描き込まれ、黒っぽくなっていたほどだ。

アクセサリーの一つとして使えるよう、葉っぱや蔦（つた）の形や、花、蝶がとまっているようなものも用意した。フィルズが着けているのは、蔦草と花のモチーフのものだ。他にも銀や金、黒、赤、白と色も様々用意するつもりだ。

「……よし。昨日の夜から着けてこれで半日。長時間着けてても痛みもなし。寝る時はちょい邪魔ではあるが、大丈夫そうだな」

夜営中でも問題ないだろうと、それに手を触れて固定具合も確認し、そろそろかと、一枚のカードを取り出す。これが操作用の端末（たんまつ）だ。その角には、三センチくらいの大きさのクマの飾りがついている。このクマの背中の部分にある魔石は、魔力を読み取る部分。赤外線の通信部のようなものだ。

カードは、電子パットのようなもので、魔力によってロックを解除できる。魔力の波紋（はもん）というのは、声紋（せいもん）や指紋（しもん）のように個人によって違うので、これを利用する。登録情報も音声入力が可能なので、それほど使い方に迷うことはないだろう。

かける時には、このカードでの操作が必要だが、通信を受ける時は、耳たぶの所にある魔石に触れるだけなので難しくない。

因みに、あえて時計の機能はつけなかった。既に懐中時計が商品としてあるのだ。そこまで手の込んだものにしなくても良い。

フィルズは自身の懐中時計を取り出し、クラルスとリゼンフィアを閉じ込めた部屋の三つ隣にある執務室へ入る。

「指定の時間まであと一分か」

そう呟くと同時に、耳元でコール音が鳴った。フィルズは通話に出る。

「ご苦労さん。わりいな、面倒なこと頼んで」

『いいってことよっ。お陰で、速攻で仕事も片付いたからなっ。ビズの姐さんの土産買ってく！』

「おう。よし、じゃあそろそろか？」

『だな……五、四、三、二、一、十時だ！』

彼は冒険者の知り合いの一人だ。二つ向こうの領への配達依頼を受けたので、ビズに乗って行ってもらうのを条件に、試作機での通信試験をお願いした。

同じように、遠方へ向かった冒険者達が、今日は一時間ごとに、時計塔で時間を見ながら報告してくれることになっている。時差があるかの最終確認中だ。あと、指定した時間以外は、クマ達と連絡を取って、使い勝手を見ている。これまでの実験によって、一般的な馬車で四日の距離から通信しても時差なしと確認できていた。

「ありがとなっ。帰って来たら、正規のやつを格安で譲るよ」

『えっ、くれるんじゃねえの⁉』

「商売人がタダでやるって言ったら、お前、もらうか？」

『っ、是非とも買わせていただきます！』

フィルズはただの商売人ではない。商会長なのだ。そんな人からタダでもらうなんて、後に何を要求されるか分からないと不安になるだろう。この世界でもこの格言は生きている──『ただより高いものはない』。

「おう。じゃあ、気を付けて帰って来いよ」

『あいよ～』

この後も順調に試験をこなし、満足のいく結果を手に入れた。これにより、本当の完成となる。そして、この日、リゼンフィア達も滞在最後の日ということで、夕食は豪華に用意することになった。

クラルスとリゼンフィアは、日の光が赤くなる頃が近付いても、まだ部屋から出てこない。ホワイトが昼食に軽めのものを運んだりと、世話を焼いてくれることになっていたので、問題ないだろうとフィルズは干渉せずにいた。

そろそろ夕食の用意に取り掛かろうと、厨房に向かう途中。また訓練していたのだろう、奥のシャワールームから出てきたセルジュとリュブランが、フィルズに気付いて駆け寄ってきた。

「フィルっ」

「あっ、もしかして、これから夕食の準備？」

「ああ」

年齢も近いセルジュとリュブランは、ここで過ごすようになって、まるで兄弟のように接している。セルジュもだが、リュブランもかなり笑顔が増えた。

遠慮しがちだったリュブランは、フィルズにも慣れたのだろう。気楽に質問もする。

「今日は何を作るんだい？」

「レナ姉とアルシェ姉が、初日に出したロールカベツを食べたいって言うから、それと……美味いチーズが手に入ったから、小さめのグラタンとサラダ……スープは、コンソメかな……」

パン狂いのクラルスも、お客やセルジュがいるので、きちんとした料理を食べてくれる。

今のうちに慣れさせようと必死になっているフィルズだ。何より、まともな料理が出せるのが嬉しい。セルジュも苦手だったカベツ料理を問題なく食べてくれる。特に、トマト煮込みのロールカベツはお気に入りになったようだ。

「やったっ。フィルの料理はどれも美味しいけど、ロールカベツはもう一度食べたかったんだ〜」

「うんっ。あれは美味しいよねっ。で、グラタンってどんなやつ？」

「あ〜……パスタとかペンネとかもないもんな……じゃあ、お楽しみで。チーズは大丈夫か？」

「アレでしょう？　昨日のお昼に食べたパンに入ってた……伸びるやつ、美味しかったよ？」

白いチーズ入りのパンを昨日焼いたのだ。個人的にフィルズが食べたかったというのもあり、良いチーズを探していた。それがようやく手に入ったのだ。

「ならいいな。パンは白パンにするか」

パンの種類も増やしていこうとしている。色んな種類があることを知れば、食に対する欲も出て来るはずだ。国中を動き回る冒険者達がこれに目覚めれば、行く先々で新たな食材を見つけて来るようになるだろう。誰かが興味を示せば、それは伝播していく。そうして、発展していくものだ。

ここからスタートだが、フィルズの周りには、気のいい冒険者達もいる。試験のために快く手を貸してくれる者が多いのだ。それほど難しくはないだろう。そんな順調な未来予想を立てていれば、セルジュが落ち着きなさそうにチラチラと目線をフィルズに向けていた。

「ね、ねえ、フィルっ。手伝えることってある？」

「ん？」

セルジュに目を向ければ、その隣のリュブランも期待するような表情をしていた。

「料理を？　手伝うってことか？　別にいいぞ。料理はできて損はないからな。なら行くぞ」

「「うんっ」」

結果、この後、マグナやコラン達も合流し、お料理教室のようになったが、全員が楽しそうに最後まで作った。

「よし、後はグラタンとパンが焼けるのを待つだけだ。配膳はクマ達がやるよ。ちょっと座って一服しろ」

「は～い。なんだろ……楽しかったけど……疲れた……？」

厨房の端にある、休憩用の長椅子に全員が並んで腰掛ける。

「うわ～、座るの久しぶりな感じがする……」

「あははっ。手がふやけてる」

「本当だ。シワシワしてるよ」

調理道具の後片付けまでしてもらった。孤児院でも手伝いは少ししていたが、ここまでやることはなかったらしい。

「訓練の時より体力使った感じがする」

「ご飯作るのって、大変なんだね……」

改めて、メイドや世話をしてくれた神官達の大変さを知ったようだ。

ここで、リュブランが火加減を見ていたフィルズへ声をかける。

「フィル君……これからも手伝っていい？　その……これからもここに置いてもらうわけだし……」

「気にしてんのか？」

「っ……君は、その年で商会長になるくらい何でもできるし……負担に……」

昔から染み付いた考え方だろう。どうしても消極的になる。今は楽しくても、その後を悪く考えてしまう。そうやって、いつも最悪を想定して、なるべく傷付かないように生きてきたのだろう。その生き方が、フィルズにはなんとなく分かる。前世ではきっと、フィルズもそうだったのだ。

フィルズは、調理台の側の丸椅子に腰を下ろし、足に肘をついてそんなリュブラン達を見る。

「お前らは、これから色々できるようになっていくんだろ？　今まで、その辺で転がってる赤子並みに何もする必要がなかっただけだ。何事も経験できる機会がなければ、できる、できないなんてこと意味ねえよ」

「……」

天才的な能力があっても、発揮する場所がなければ、無能と同じだろう。フィルズはそういう極端な考え方を示す。

「ここで今まで知らなかったことを学んで、自分に本当に向いてることを探すんだ。ここはお前らの家で、やりたいことをしていい場所だ。意味もなく行動や言葉も制限する貴族の家じゃねえ。品位がなんだと指摘して威張り散らす大人もいねえ」

フィルズの周りにいるのは、呑んだくれのダメな大人や、下品なことも平気で口にする冒険者達が大半だ。行儀良くしろとかも言わない。

「くだらないことで喧嘩するのも、他愛ない話で一晩中バカみたいに騒いで過ごすのもやってみろよ。お前ら、頭で考えるばっかかで、失敗したこともないだろ。若い頃に失敗しとかないとキツいぜ？　殴り合いの喧嘩とか、体力ある内にやっとけよ？　まあ、もちろん絶対やるべきじゃないことってのはやるな」

「……フィル君……年いくつ？」

年齢を疑われた。

「十二。もうすぐ十三。なんだよ。じじくせえってか？　お前らこういうこと言われたことないだろ。だから、代わりに言ってやってんの。ったく、こういうのは、その辺のオヤジ共と付き合ってれば、言われることなんだよ」

不本意だと、むすっとした顔をしてやれば、セルジュが笑った。

「ははっ。フィルは誰にそれ言われたの？」

「覚えてねえよ。冒険者の……いや、あれだ。ケト兄だな」

「それ、辺境伯の？」

「そう。酒飲むと説教臭くなるんだよな〜」

アルシェの父で、辺境伯のケトルーア。色んな経験をしてきた大人だからこそ、子どもに伝えたいこともあったのだろう。それをフィルズは、迷惑顔をしながらも、きちんと有り難く聞いていたというわけだ。だから、リュブラン達に今伝えるべきことも分かる。

「まあ、なんだ。遠慮なくやりたいことをやればいいってことだよ。後、それを負担に思うほど、俺は狭量じゃねえ」

「ふふっ。そっか……」

「おう。なんなら、俺の広い心が埋まるほど迷惑かけて、怒らせてみろよ」

「ぷっ、なにそれ。怒られるのは嫌だよ」

リュブランは笑いながら顔を顰めた。本当に嫌らしい。

「そういう度胸も付けろよ」

「命懸けになりそうじゃない？」

「はっ。命懸けでオーガに挑んでた奴のセリフじゃねえなあ」

「アレは仕方ないじゃないかっ」

リュブランが顔を赤くして立ち上がる。アレはリュブランにとって黒歴史みたいなものだ。

「『仕方ない』で命懸けられるんなら、問題ねえじゃん。挑戦してみろよ」

「うっ、分かった！　いつかいっぱい悩ませて、迷惑かけてやるから！」

「おう。やってみろ。楽しみだぜ」

「ふふっ。うん。色々やってみるっ」

この日から、リュブランやコラン達は積極的になった。自分達で何かをやろうと、進んで何かをやれるようになっていく。失敗も恐れず、まずはできないことが当たり前。教えを乞う時は、誰にでも頭を下げる。これにより、急速に彼らは成長していく。それはまるで、今までの分を取り戻そうとするかのようだった。


夕食の用意が整う少し前。厨房をクマのリョクに任せ、リュブラン達は一旦部屋に戻っていた。フィルズだけが食堂で夕食の時間になるまではと、今日の実験の最終の記録を取って過ごしていると、そこでようやくクラルスとリゼンフィアが姿を現した。

「フィル～ぅ、お腹空いた～」

クラルスがお腹に手を当てながら、背を丸めて食堂の中に入ってくる。

「もう食べれるよ。手え洗ってこい。公爵は……八割減でもダメだったのか？」

「…………っ…………」

ヨレヨレの、ボロボロなリゼンフィアが、のそっとクラルスの後ろからやって来た。クラルスと同じようにお腹を押さえているが、理由は別のようだ。

「……髪もよくそんなに乱せたな……寝相(ねぞう)が凄くても、そこまでにはならんだろ……あんたはこっち座れ。先にちょい回復させんと……呼ぶか……」

もうすぐ、大聖女であるレナも来る。それにきっと神殿長もついて来るだろう。フィルズがわざわざ手の内を晒すことはないかと迷う。

「……すま……ない……」

「声も枯れてんじゃん……」

どんな激しいバトルだったのだろうか。後で隠密ウサギに確認することにする。

公爵は、ヨタヨタしながら、部屋の隅にある椅子に腰掛けた。物凄くゆっくり、慎重にだ。相当ダメージがあるらしい。そこに、まさに呼びましたよねとばかりに、神殿長がやって来る。

「フィル君っ。パパを呼びましたよねっ！　心の中で！　求めましたよね！」

「……公爵を治療してくれ…………パパ……」

「っ、喜んで!!」

嫌そうな顔で『パパ』と言ったにもかかわらず、それで満足らしい。安上がりで結構なことだとフィルズは気持ちを切り替える。

一方、手を洗って来たクラルスは、ノビをしながら席に向かう。

「喉渇いちゃったわ〜」

「レモネードでいいか？」

「もちろんっ。えへへ、フィルく〜ん」

冷蔵庫に入れてあったレモネードの入ったピッチャーを取り出すフィルズに、クラルスが甘えたようにしな垂れかかる。

「なんだよ」

そして、小さな声で耳元に囁くように問いかけた。

「ふふっ。宿題ができるまで、父さんとも呼んであげないんだって？」

「聞いたのか？」

「うん。ふふっ。泣いてたわよ～。だから、私も名前で呼んであげないことにしたわ。フィルの出した宿題がちゃんとできて、離婚届を破棄するまで」

「公爵って呼ぶのか？」

「ん～ん。公爵様って呼ぶ♪」

「ぷっ、ふふっ、ははは。それはまた、他人行儀で」

仮にも愛した女性に、他人行儀に『公爵様』なんて呼ばれるのは、こたえるだろう。

「で？　なんであんなにボロボロに？」

「最初はね？　『私』として夫婦喧嘩をしたわよ？　言いたいこと全部言ってやったわ。そうしたら、あの人『何でもする』って言うから、じゃあって、色んな『夫婦喧嘩』を想定して演じてみたのよ♪　演技指導までしちゃったわっ。めちゃくちゃ楽しかった！」

生き生きと、目をキラキラさせて説明するクラルスに、十分満足したようだと安心する。突然二人きりにしたことも、怒ってはいないようだ。

「ははっ。そりゃ良かったな。あ、隠密ウサギが録画もしてるはずだから、後で観れるぞ」

「本当に!?　やったー!!　ふふふっ。今度会ったら、またやることにしてるから、それまでにもっと色々な場面を想定しておかないとね～♪」

フィルズは笑顔のまま表情を固めて頷いておいた。目の端に映るリゼンフィアは、神殿長に治療を受けながら少し泣いていた。全ては、このクラルスを妻にした代償である。こういう夫婦もあるのだと納得しておく。

「御守りは作り溜めしとくか……」

もう少し強力なのでも良いかなと一瞬思ったが、これ以上強力になると、クラルスが普段から手加減できなくなりそうで、考えを改めた。

「ほら、レモネード」

「わ～い」

コップに注いだレモネードをクラルスに手渡し、もう一杯注いだコップを持ってリゼンフィアの所へ向かう。

「っ……フィル……」

泣きそうな顔のリゼンフィアが顔を上げた。一応確認しておく。

「母さんと離婚するか？」

「っ、し、しないっ！」

どうやら想いは本物のようだと、少し感心した。

「根性あるな……まあ、それなら頑張れ。もう口ん中、治ったか？」

「え……っ」

顔も一発食らっているように見えたので、これも確認だ。レモネードだと沁みるだろう。

答えは神殿長がくれた。

「口の中は一番に治しましたよ。後は足だけです」

「ならいいな。ほれ、レモネードだ」

「ありがとう……」

コクコクと半分ほど一気に飲んで、ふうと息を吐く。そんなリゼンフィアに、神殿長が世間話感覚で問いかける。

「それにしても、こんな満身創痍になるほど……何したんです？」

「夫婦喧嘩」

「……」

フィルズが真顔で答える一方、リゼンフィアは頬を赤らめる。恥ずかしがることだろうかと内心首を傾げた。

「え？」

神殿長は、意味が分からないという表情を見せる。確かに、ここまでボロボロになるほどの激しい夫婦喧嘩は、あまりないだろう。実際、何戦したか分からないというのも、意味不明だ。だから、あえてもう一度言っておいた。

「夫婦喧嘩」

「っ……」

リゼンフィアは真っ赤な顔を両手で覆って俯く。本当に、何が恥ずかしいのだろう。

「……ふうふげんか……なるほど……？」

「家庭によって違うって言うからな」

「なるほど」

「うちのは、こうなるらしい。演技指導まで入る」

「なるほど」

神殿長は無理やり納得したようだ。


しばらくして、レナとアルシェと共に、ファスター王と護衛のラスタリュートがやって来た。次いで、トランダとバルトーラが入って来て、席に着いていく。

いつの間にか、セルジュやリュブラン、マグナ達もやって来ていて、クマのリョク、ゴルドと共にテーブルへと料理を並べていた。一般的な貴族の家とは違い、料理は最初から一人分ずつテーブルに用意する。間に給仕が入るのは、飲み物のサーブくらいだ。これにもファスター王達は慣れたようだ。

「一人分とは、これくらいなのだな。何より、ここでの食事は気楽で良い」

「ええ。それに、少しずつ出されるのは、時間もかかりますからなあ。満腹感も鈍くなっていけません。歳を取ると特に」

向かいに座った前侯爵であるトランダがそう答えると、ファスター王も頷いた。

「うむ。ここのはもっと食べたいと思うほど美味しく、それはそれで困るというのも初めて経験した。食べ物にこれほど執着できるものとは思わなんだ」

「同感です。今から帰るのが憂鬱(ゆううつ)ですよ」

「それは違いない」

和やかに会話し、並べられていく料理の見た目も楽しんでいるようだ。

ファスター王やトランダも、心身共に疲れている。

ファスター王は第三王妃や、今まで気に留めることすらしなかったリュブランへの不甲斐ない対応を神殿長と大聖女に気付かされ、自問自答する日々。間に孤児院や兵舎への訪問、今までほとんど行わなかった公爵領の視察もしている。もちろん、リゼンフィアも一緒だ。発見や見方が変わる度に、今後の国の方針など、多くの気付きによって考えさせられたようだった。

トランダは、バルトーラに町を見てくるよう指示し、娘であるミリアリアと向き合った。妻と向き合うよりはまだ気楽なものだが、色々と後悔しきりだったようだ。

よって、こんな彼らにはフィルズの提供する食事やおやつ、フィルズが拘って作ったこの屋敷にある大浴場でのひとときが癒(いや)しになっていたのだ。ここに、ゴルドが声をかける。

《よろしければ、カベツりょうりなどのレシピを、いくつかごこうにゅうされますか？》

「っ、いいのか？」

《パンいがいは、『技術専売特許(せんばいとっきょ)』ではなく、レシピでとうろくしておりますので、もんだいないとのことです》

「なるほど……レシピで売っているのか」

それなりの技術や設備が必要になるものは、半端な売り物として独占されては困るので、技術をきちんと修めなければ知ることができないようにしてあるが、それ以外は占有されないようレシピで登録して売っているのだ。

因みに、彼らはもうクマを普通に受け入れている。寧ろ、人より信用できると思っているほどだ。

《おしょくじがおわりましたら、『商会での商品』をおみせすることになっております。そのときにごいっしょに、ごけんとうください》

「そうだったな。うむ……この保温のカップも欲しいと思っていた。連れて来た騎士達も良いだろうか」

《かまわないと、あるじよりうかがっております》

「そうか。では、楽しみにしていよう」

《はい。のちほど、ごあんないいたします》

昼間は彼らも忙しく動き回っていたので、時間が取れなかったのだ。

商会を始める時、一番初めのお客はその領の領主や知り合いの貴族がいいらしい。お金を初めに一気に落としてもらうと、幸先が良いという迷信のようなものがあるからだ。フィルズは特に気にしていなかったが、レナが最初の客になると騒いだため、それなら一緒にとなったのだ。

この後、ようやく商品を見られるということと、リクエスト通りの食事が食べられるということで、レナは興奮気味だった。

「美味しそう!! もうっ、どうしようっ。これはもう言わずにはいられないわ!! フィルっ、結婚しましょ！」

「……言いたかっただけだよな？ 言うならタダだ。好きにしろ」

「そういう冷たいフィルもいい!!」

「はいはい」

フィルズはどうでも良いことのように流した。レナはそうは言っても独身主義を貫くだろう。これまでの付き合いで、今の言葉が冗談だというのは考えなくても分かる。とはいえ、それが分かるのは、この場ではフィルズと神殿長だけだろう。アルシェは冗談か本気かを特に考えない人だ。

そこに、セルジュが割り込む。彼の心情的には、結婚うんぬんという話をさせたくないのだ。フィルズにはまだまだ自分だけの可愛い弟でいて欲しいと思っているのだから。

「フィルっ……ヴィランズ団長は？ 今日は来ないの？」

「ああ。元男爵領へ行ってる」

「そうなの？」

ヴィランズは、公爵家が受け取ることになる元男爵領の調査に昨日から出ている。やはり公爵領に組み込むことになるようだ。この話を、セルジュは知らなかった。

「マグナのとこ、公爵領になるみたいなんだよ」

「えっ……」

セルジュは疲れ切った顔をして、ようやく席に着いたリゼンフィアへ顔を向ける。これに気付いたリゼンフィアは、ビクリと肩を震わせていた。息子の目付きが怖いらしい。セルジュはずっとこの不甲斐ない父に怒っている。

今夜にでも、セルジュに頭を下げるつもりだろうが、これはかなり宥めるのが難しそうだ。今夜は眠れなさそうだなと、少しばかりリゼンフィアに同情したくなるフィルズだ。

「まさか……そのために帰って来ただけだったんじゃ……」

セルジュにしっかり誤解されたらしい。これが人徳のなさというやつだろうか。こういうことがあるから、信頼関係は大事だ。

慌ててリゼンフィアが弁明する。

「っ、ち、違うっ。私はフィルとクラルスに会いたくてっ。セルジュの手紙で自分が誤解していることを知ったんだ。だから……っ」

慌てて弁明しても信じてもらえないと分かっているだろうに、残念ながら『冷静沈着なこの国の宰相』の姿は、最後まで見られそうにない。

「あ〜、はいはい。ほら、兄さんも落ち着いて。食事前に消化に悪いから」

「……フィルがそう言うなら……」

セルジュのこれはもう当て付けだろうか。フィルズの言うことはよく聞いてくれる。

「おう。じゃあ、食おうぜ」

「うん」

食事が始まった。

ミッション⑥　商品のプレゼンも完璧に

賑やかな夕食になった。なんと言っても、この世界ではまだまだ珍しい料理ばかりなのだ。

「フィルっ。このサラダにかけてあるソース？　のレシピも買える⁉」

フィルズの向かいの席に座ったレナが真っ先に気に入ったのが、サラダのドレッシングだったようだ。オリーブオイルが手に入ったので作ったイタリアンドレッシングだ。イタリアンなんて呼べないから、オイルドレッシングと呼んでいる。

「オイルドレッシングなら、レシピもだが、作ったのも瓶詰めして売るつもりだが？」

「作ったものを⁉　それ便利じゃんっ」

「まあな」

作り立てのドレッシングが一番だが、やはり作り置きしてあった方が楽だ。この世界では保存の魔法陣が使えるので、味を変えてしまう心配のある保存料を使わなくて良いのはとても嬉しい。

ドレッシングは、野菜嫌いのクラルスのためにも、飽きさせないように各種取り揃えていた。パン狂いになったことからも分かるように、クラルスは偏食の気がある。気に入ったらそればかりになるし、嗜好を読むのが難しい。よって、数を揃えたというわけだ。

今回のドレッシングもクラルスは気に入ったらしく、嬉しそうにサラダを食べているのが確認できた。きちんとした食事らしい食事をこれからも食べてくれそうで、フィルズは少し感動している。

レナは更にドレッシングについて質問攻めにする。

「昨日のもある？　その前のも！　アレも良かったんだけど。フィルなら他にも色んな種類を用意できるよね？」

「できるけど、まずは二、三種類に抑えるつもりだ」

「なんで？」

「こうやって味が分からないと、買えないだろ……惣菜店の用意を急がせねえとな……」

食堂を作るより、サラダやおかずだけを売る惣菜店を出そうと考えているのだ。これにより、ドレッシングも売れるだろう。弁当ブームを作ってやりたい。健全で活気ある町にするには、食事が大事だ。体が資本の冒険者や騎士達もこれで強くなる。

「……確かにそうね……うっかりしてたわ。種類なんて選べないのが普通だったものね。考え方を変えなきゃ……」

紅茶一つ取ってもそうだ。その日食べていければ十分で、食に関する興味が今のこの世界の人々にはなかったし、美味しいものを食べたいという欲も薄かった。だから、味など気にせず一択しかないものを買って満足していたのだ。

「選ぶことができるだけでも、楽しいもんだろ？　鬱々として、ただ生きるために日々を送るなんて、辛気臭くなるだけだ。『アレが食べたいから』『アレがあるから』『アレが見たいから』、そういうやる気に繋がる何かを用意できる商会にするのが俺の目標だ」

何かの後のご褒美おやつの威力は凄いものだ。フィルズが前世の夢で見たのは、幼い頃の『予防接種後のおやつ』だった。泣かなかったらという約束で頑張ったらしい。親にとってみれば、嫌がられたり、泣かれたりするのを避けたかっただけだろうが、効力はしっかりあった。

それは大人になっても有効だろう。仕事の後のご褒美ケーキや焼き肉なんてものもあったはずだ。ここからその人に合った娯楽品、嗜好品を見つけて欲しい。それが活力になり、世界が育っていく力になるはずだ。

「っ……フィル……っ、やっぱり結婚しよっ」

「口癖になる前にやめとけ。独身主義だろ」

「フィルは特別枠なのっ！」

「俺、ケースにでも入れられて飾られんの？」

「え……どうしよう……ドキドキしちゃう……っ」

レナが胸を押さえて、トキメいていた。目も、フィルズを見てうっとりしている。想像力が豊かな証拠だろうか。演技力も高い。はっきり言って、今のレナの表情を見たなら、多くの男達が見惚れるだろう。実際、免疫のないセルジュやリュブラン達、少年達は顔を赤らめてレナに釘付けだ。

しかし、フィルズはそんなレナを一瞥しただけで、普通にサラダを食べていた。

「何もできなくなったら、さすがに暴れそうだからオススメできねえぞ～」

「そうよね……フィルって大人しく閉じ込められてくれないわよね……私と一緒で」

「警備が厚いほど燃える質だ」

「分かる、分かるっ。出し抜けた時の達成感がいいのよっ」

レナとフィルズはそういったところが似ている。だから気も合う。こんな冗談にも付き合える。

「あ～あ、私もここに住みたいな～。そうしたら、こんな美味しい料理が毎日食べられて、面白い物が見られるしすぐに試せるじゃない？」

これが多分、一番言いたかったんだろう。

「ロールカベツも最高だしっ。それに、コレは何？　チーズよね？　お酒のつまみぐらいにしかならないチーズが……こんな料理にっ」

まだまだ熱々の状態のグラタンに、目を輝かせていた。

「しっかり焼けたところが意外と美味いだろ」

「伸びるのも面白いわ。それとこの……筒みたいなやつ」

「ペンネな。パンの代わりに主食として使えるぞ。小麦粉で作るし、パン屋で一緒に売ってもらおうと思ってさ」

「え……」

パンより手間や設備も必要ないのに、パスタやマカロニがこの世界にないのはなぜか不思議だった。賢者として存在した転生者達がいて、これがないのはおかしい。

神達に確認したところ、昔は確かにあったらしい。だが、戦争などで食料難が続き、一時期は小麦が取れなかったという。火が使われたら焼き払われてしまうし、残るのは、じゃがいものような、土の中で成長するもの。よって、煮物が主流になった。

正常に作物が育てられるようになってからも、貧しいことには違いなく、女も子どもも毎日を働いて生きる。一家庭でパンを焼いたり、小麦粉を練ったりなんて時間もなかったらしい。これにより、一気に食に関するものが衰退していったようだ。疲れ切った後に料理をするなんて嫌になって当然だろう。

だが、出来合いの物が売っている場所もない。最低限はやらなくてはならない。これにより、放っておける煮込み料理が主流になり、パンを買って手に入れるのが当たり前になってしまったのだ。

住み慣れた土地を捨てて、安住の地を見つけるために旅に出る者も多く、持ち歩けるパンが必須となったらしい。もちろん、パスタ系が消えた理由は他にもある。

「昔はコレも主食としてあったらしいんだが、どうも、パン屋が生き残るために、故意に衰退させたみたいだな。十分な量の小麦を確保しないといけなかったからってのもあるんだろうが……」

フィルズは、チーズを絡めたペンネを一つフォークで刺し、口に運びながら説明する。

パスタ系は、パンのように窯を必要とはしない。だから、余計にパン屋としてやっていこうとした者達にとっては、脅威だったのだろう。

「時勢も利用して、他を排除するってのは、正しい戦略だけどな。昔とは状況も変わって来てるんだ。この辺で復活させてみるのもいいんじゃないかと思ってさ。コレ、乾燥させると、保存食にもなるんだぜ」

「「「「……」」」」

これには、料理に夢中になって、ＢＧＭのように聖女とフィルズの会話を聞いていた者達も、さすがに興味を抑え切れずに顔を上げていた。

フィルズは、タンラの店でスープを持ち帰るようにしようかと話をしていた時、ふと雑誌の特集で見たことのあるスープジャーのお弁当レシピが頭に浮かんだ。そのアイデアを基に温めもできる水筒を作ったのだ。スープジャーとして少し太めにしたのを売り出せば、これも使える。

面倒臭がりで、料理なんてできないと豪語する冒険者達に、真っ先に売れるだろう。手軽に温かいものが食べられるのは、絶対にウケる。そして何より、パン狂いを減らさなくてはと思っていた。

「ゴルド、乾燥したフリッジとスープジャー、あと、水差しを持って来てくれ」

《しょうちしました》

フリッジとは、ねじれた二、三センチほどの形のパスタのことだ。トマトソースなどによく絡む。

「おう。レナ姉、これはスープジャーって新商品な。保温と加熱ができる。スープ専用のやつ」

《おもちしました》

「へえっ……これをどうするの？」

「このフリッジ……グラタンに入ってるのと同じだ。ちょい形が違う。これをこの中に入れて、ロールカベツのソースをスプーンで三杯くらいと、水を少し。蓋をして加熱だ」

レナが言われた通りにする。しばらくして、加熱が終わったことを示すように、点いていた赤いランプが消えた。

「熱いから気を付けて、開けてみろ」

「うん……あれ？　少し大きくなってる？」

「茹で上がると膨張するんだ。柔らかくなってるぜ。皿にあけてみるか？」

「ええ」

《どうぞ》

ゴルドが用意していたスープ用の少し深めの皿に、それをあける。

「食べてみろ」

「いただくわ……っ、柔らかいっ。え？　これだけで？　さっきは焼き菓子みたいに硬かったわよ？」

「手軽でいいだろ？　冒険者とかに売れそうじゃね？」

「売れるわ!!　庶民でも買うわよ！」

「皿にあけなくても、そのまま食えるしな。冒険者なら、出かける前にパン屋でコレを買って、スープを入れて出かければ、昼食に丁度いいだろ？」

「めちゃくちゃいいわ！」

スープは、タンラの店で出しても良いし、スープ専用の屋台を作る、なんて話も商業ギルドでは出ているので、これを利用しない手はない。パン狂いを一掃とはいかないが、緩和できるはずだ。

その証拠に、クラルスのパン狂いも治ってきている。

これに真っ先に口を出したのはラスタリュートだった。

「このグラタン？　の中にあるのもそれなりの量があればパンの代わりになる……それがこんなに簡単に調理できるなんて……」

「乾燥させて、保存の容器に入れておけば、恐らく三年は保つ」

「っ、三年っ……それなら……」

フィルズは大人達が目の色を変えたのには気付いていた。これの有用性は、国政に関わる者なら、真っ先に気付くだろう。だから、あえてそれを口にした。

「兵糧（ひょうろう）」

「「っ……」」

ファスター王とリゼンフィア、ラスタリュートがあからさまに肩を跳ねてみせた。

「分かるぜ？　兵士も人だからな。食べなきゃ動けねえ。だから兵を支える兵站（へいたん）は重要だ。まあ、商人なら一気に稼げる相手は逃したくないのが普通だし、俺が今売らなかったところで、他で手に入れようとするだろう」

彼らが気付いたように、他国も容易に気付くはずだ。長く保存の利く食料で、手軽に食べられるようになるものなんて、狙われるに決まっている。

「けど、俺は客に美味いものが食べたいと思える余裕を持って欲しいんだ。好きな奴や、子ども達、両親に贈るプレゼントを選べる楽しい世界であって欲しい。だから、戦争するために買うような奴らには売らねえ」

「っ……」

フィルズの目が鋭く光る。だが、口は皮肉るように傲慢に笑みの形を作る。

「俺の作った……賢者がもたらしたもので悪さしようってえなら、それは俺の敵だ。どんなことをしても地獄を見せてやるよ」

「「「っ……」」」

本気だと誰もが理解した。そして、他人事のようにこれを見守っていた神殿長が告げた。

「そうですねえ。教会が後ろ盾もしていますし、そういうのは、神敵認定しちゃうかもしれませんね～」

「あ、マジ？　それならやりやすくなるなあ」

「フィル君が出張って行く前に、パパがどうにかしてあげますからねっ。安心して暴れられるようにしましょう！」

「やべえ……初めて頼り甲斐を感じた……」

「本当ですか!?　え？　いや、初めて？　初めて……まあ、良いです！　パパを大いに頼ってください!!」

初めてというのが納得いかなかったらしいが、良いらしい。使い勝手の良いパパだ。

当然だが、リゼンフィアがショックを受けた顔をしていた。自分は父とも呼んでもらえないのに、他人がパパとして頼り甲斐を見せているのだ。神殿長を羨ましそうに見ている。

「ちょっと、シエル爺！　いいところ持って行かないでよ！　フィル！　私も頼って！　私も思ってたのよっ。いくら金払いが良くても、戦争で利用されるのって、嫌な気分になるのよねっ。私の商会は、人々を助けるためのものよっ。大聖女を舐めてもらっちゃ困るわ！」

　武器も扱っているが、それは冒険者達向けのもの。決して、戦争に使って欲しいものではない。もちろん、商品をどう使うかは、買った者の自由だ。しかし、それでも嫌なものは嫌だ。特に大聖女であるレナならば尚のこと。自分の店から売れた武器が戦争に使われ、それで怪我した人達を癒すことになるのだ。虚しくもなるだろう。

「警告は必要ね！」

「だよな。しっかり知らしめてやるぜ」

「「「……」」」

　ふっふっふっと笑い合う二人の商会長。世界を牛耳るのにそれほど時はかからないかもしれない。現に、国王、宰相、騎士団長が二人の様子に怯えまくっているのだから。

「戦争には、絶対使わないようにしましょう」

「そうだな……」

「そうですね……」

　彼らは、心にしっかり刻みつけたようだ。

　ロールカベツなどのメニューのレシピを後で買えると知ってからは、一同はじっくり味わうことに集中していた。

「お肉料理といえば、ステーキだと思っていたけれど、これは本当に美味しい……」

バルトーラが言わずにおれないというように感嘆の声を上げる。

貴族はメイン料理に肉のステーキを食べるのが当たり前。それが人として、貴族としてステータスが高いことを示すものだ。だが、他の食事についてもそうであるように、このステーキについても、工夫が足りなかった。

レアなんて絶対ない。焼き加減もウェルダンのみ。それも、焼き過ぎな硬めの場合が多いらしい。医療系が衰退した影響もあるのだろう。良く焼かないと体に悪いと思われているらしい。

肉自体も、家畜がいない世界のため、狩る人がその場で血抜きをするかしないかにもよって味が変わる。血抜きもプロがやるわけではないので、当然だが不完全だ。よって、味は格段に落ちる。

恐らく、本当に美味しい新鮮な肉の味を知らないだろう。

バルトーラは上手にカベツを切り分け、包まれているミンチと一緒に口に入れる。初日も、トマトソースさえ残さず綺麗に食べてくれたのだ。気に入ってもらえたのだろう。

最近は食が細くなってきたと言っていたトランダも、それが冗談だったのではないかと思うほど、ここに来てからはしっかり残さず一人分を平らげていた。

「食べ応えもあるのに、柔らかくていい……トマトは酸っぱいだけだと思っていたが、煮込むとそうでもないというのも知らなかった。さっぱりとしていいものだ」

柔らかい肉なんて、その食感だけで感動ものだ。ハンバーグ系は外れない。

「父上は、家ではこの半分も食べなかったですからね。肉も重いとか、煮込み料理もくどくて食べられないと」

「ああ……ここへ来て、しっかり食べるからか、体の調子が良い」

食に興味がない、いつも決まったメニューの単調な食卓。これにより、早くから内臓機能も低下するようだ。更には、お金を使う食卓であるべきということで、調味料をかなり使って味を濃くする。煮込み料理なんて、野菜の旨味よりも調味料の味だけしか感じないほどになる。それが貴族家の料理だと言われてしまえば、それまでだ。変えようなんて度胸のある者はいない。

塩分過多、偏った食事。味が濃いから、毒が入っていても味で気付けないというのもあるのだが、それは言わずにおこう。

諸々の事情から、貴族は長生きしない。これが良いこととも取れてしまう残念な世界だ。だから、フィルズも進んで貴族の食事改革をしてやる気はない。とはいえ、自分が関わって大事にしたいと思う人は別だ。

「トラじいちゃんには長生きして欲しいから、オススメレシピを出しておくよ」

「本当かっ？　ううっ、こんな良い孫に実の娘が毒を盛っていたとはっ……本当にすまん……」

トランダはこれをずっとフィルズに言いたかったようだ。とても悲しそうな表情で頭を下げた。

「いいよ別に。母さんは許さないかもしれんけど、俺はアレ、子どものイタズラみたいなもんだと思ってるから」

「……フィルは本当に……大人だな……」

「ミリーのやつ、命拾いしたな。まったく……帰るまでに一発は叩く」

バルトーラは、初日にフィルズにミリアリアの前から連れ出されて以降、接触禁止令が神殿長とトランダの判断で出されていた。別に正式な書類で出たものではないので、口約束と同じだが、一応は今までそれを守っている。

距離を取って頭を冷やせということだが、言い訳や事情を聞くほどに、バルトーラとしては苛々が募っていっているようだ。クラルスより先に手を出さないと決めたらしいが、間違いなく一発は平手打ちするだろう。その時は、兄妹喧嘩として目を瞑るつもりだ。

「ミリーより先に、ジェスを殴るつもりではあるが、今どうしているんだ？」

これは、リゼンフィアとラスタリュートに向けられた。ジェスを捕らえるために、ラスタリュートが動いたのはバルトーラも知っていたのだ。

リゼンフィアがこれに答える。

「ジェスは……取り調べのため、今は牢に……明日からは騎士団から監視役をつけて、しばらく仕事をさせながら様子を見ます……調べたところ、本当に仕事はきちんとしておりまして……なので、神殿長にお願いし、神誓の魔法契約をすることになりました」

それは、契約者に逆らうことができない魔法契約だった。

『神誓の魔法契約』。

これは神殿長以上の地位にある者が仲立ちとなって神に誓うものだ。

フィルズが神殿長に目を向ける。

「おい。いいのか？　奴隷契約の上書きができるからって、あまりやらなくなったんだろ？　どこだったかの国で結構揉めたって聞いたぞ」

強い強制力を持つ魔法契約が二つある。この世界には奴隷がおり、それに使われるのは『隷属の奴隷契約』だ。重犯罪者や借金の代わりに身を売った者に使われる。無償で劣悪な生活環境に耐えながら生きる者達。中には、不正にこれを結ばされた者もいる。

『神誓の魔法契約』も『隷属の奴隷契約』も、完成された魔法契約だ。魔法による事象がなかったことにできないように、一度契約すると解くことができない。慎重に行う必要がある。

「契約の強制力が強いですからねえ。それでは都合の悪い者達が、かなり反発したのは確かです」

『隷属の奴隷契約』は、犯罪者へ適用するために作られたものだ。無為に殺さなくて良いように、終身刑のために用意されたもの。だから、解かれては困る。だが、不正の可能性がある以上、救済措置は必要だ。

そこで用意されたのが教会で神が介入することもできる『神誓の魔法契約』だった。これは『隷属の奴隷契約』の上書きも可能になる最上位の魔法契約だった。

上書きができるということは、奴隷を半ば解放することもできる。一時期、教会が不当に奴隷にされた者達を救おうと、かなり強引に奴隷達を保護した頃があったらしい。二度と奴隷に戻されないように、『神誓の魔法契約』の方は上書きすることが不可だ。

これにより、奴隷契約の横行していた国が教会にクレームを付けたのだ。奴隷商が結託し、かなりごたついた。その結果、教会はこれまで以上に慎重に対応することになった。こうした因縁から不和が広がる可能性を考えてのことだ。

「契約魔法は本来、犯罪を少しでもなくすためのものです。今回のは、最適とされる用途ですよ」

「なるほど。まあ、俺はそもそも、犯罪者とかを牢に入れるのは、心底無駄なことだと思ってるからな～」

ただその牢に囚われたまま過ごさせるというのがもったいない。

「それを面倒見る奴らが気の毒だし、なんで悪いことした奴らに、衣食住を保証してやらなきゃならないんだか。内職やらせて家賃分ぐらい稼がせろやと思うんだよ」

これに、ラスタリュートが目を丸くして口を開いた。

「……新しい考え方ね……確かに、なぜ犯罪者の世話をしなくてはならないのか……そこにも領費を使うものね？」

「だろ？　家もねえ、金もねえ、生きる気力も湧かねえ奴らなんて、その辺にゴロゴロいる。なんで悪いことした奴らだけ、雨風の凌げる所に住めるんだよ」

「それよ！　以前、それを目的に罪を犯したと言った者がいたわ！」

雨風が凌げるだけで、外でしか暮らせない者達にとっては少しマシな場所だった。嵐の日なんて最悪だろう。

「宿屋にされてんじゃん。半端に頭良い奴なら考えるよな～」

「無料で食事も部屋も提供してるのと同じだものねっ。それなりに重い罪にならないと、労役にも就かせないし！」

まさに無駄人材。それも悪いことしたのに、食って寝るだけ。

「アレで反省するか？　スラムの奴らなら、暮らしが寧ろ昇格してんじゃね？」

「路上で寝て、食事ができずにいるスラムの者達より良い暮らしだわ！」

ラスタリュートがかなり鼻息荒く主張する。まさにその通りだろう。トランダやバルトーラも自分達の領内のことを思い出しながら口を挟む。

「確かに……牢内の掃除なんかもやらせても良いことだな……面倒を見る看守の仕事だが……ただでさえ嫌な仕事だろう」

「奴隷契約をするまでもないとはいえ、牢に入れるだけで反省するとは思えない。最底辺の宿だと言われればそうかもしれないな」

聞いていたファスター王も、リゼンフィアも、全員がこれはよく考えてみようと、心に留め置いた。

「まあ、だからジェスが契約で縛られた状態で今まで通りに働くのは、俺はいいと思うぜ。その方が反省もするだろ。一生解けないしな。やったことを忘れられないってことは重要だからさ」

ふっと笑うフィルズ。これに問いかけたのは、大人達を遠巻きにしながらも、会話を聞いていたセルジュだ。

「フィル、どうしてそれが重要なの？」

「ん？　ああ、人は忘れるからな」

「反省しないってこと？」

セルジュはここでは素直に気になることを聞いてくる。屋敷ではいかにも長男、跡取りらしくしっかり者というところを見せていたが、フィルズ達と過ごすことで、色々とまだまだ知らないことがあるのだと自分で気付いたようだ。

「兄さんは、やられて嫌だったことあるか？　ほら、エルセリアにやられて腹が立ったこと」

妹のエルセリア。彼女は幼い頃からもう、ワガママなお嬢様だった。

「エルに……小さい頃だけど、大事にしていた船の模型を壊された時……今でもちょっとエルの顔を見ると思い出す……そういえば、謝ってもくれなかったな……」

今でも悔しそうだ。

「ソレだよ。やられた方は、ずっとモヤモヤしてんのに、やった方は多分、もう忘れてる」

「っ、うん……エルは、次の日には普通だったからね。気にしてないんだなって思ったのを、覚えてるよ」

あのエルセリアならそうだろうなとフィルズも思った。

「やって、怒られたとか叱られたとかいう記憶って、自己防衛として消したがるからな。人ってのはちゃんと『覚えていたくないこと』の記憶が薄れるようにできてる。関わった度合いにもよるけどな」

「あ、だから忘れないことが重要？」

「反省し続けられるだろ。少しは繰り返さずに済む抑止になる」

失敗を繰り返さないこと。その自制心を持って欲しい。それこそが、反省になる。

「大体、やったこと忘れるとか……ふざけんなって話だよな。一生、猛省して夜もどうやったら許してもらえるか、償えるかを考え続けて寝れなくなればいいんだ」

「……うん。そうだったら、ちょっと許せるかも」

「だよなっ」

それでこそ、本当の反省と言えるだろう。

「ところで、その壊れた船の模型、そんな大事にしてたなら、どっかにとってあるよな？」

「え？　あ、うん……」

「見てみないと分からないが、破片もあるなら、俺が直せるかも」

「っ、本当⁉」

「ああ」

「今度持って来るっ」

「おう」

そうして翌日、クマの連絡によって指示され、カナルが届けてくれた木で出来た船の模型は、それほど精巧(せいこう)なものでもなかったこともあり、半日とかからずフィルズが直してセルジュに渡された。

因みに、これによりフィルズの趣味心に火がつき、ボトルシップが売り出されることになるのだが、それはもう少し先の話だ。

食事が終わった後、予定通りファスター王達に懐中時計などの商品をたんまりとお買い上げいただいた。

温冷のカップや水筒は騎士達にと大量注文も受けた。

レナとは委託契約を交わし、一通りの商品も、個人的に買ってもらった。店の在庫全てを持って行かれそうな勢いだった。

リゼンフィアも、セルジュがフィルズからプレゼントされた懐中時計などを自慢されたらしく、アレもこれもと王と一緒に買い漁っていたのが印象的だ。

因みに神殿長は、今日の仕事は終わったからと言って教会に引き揚げていった。

その日の夜。

フィルズは訓練場で、つい二時間ほど前に元男爵領から戻って来たヴィランズと、食後の運動という名目で軽く手合わせをさせられていた。何てことはない。いつもの習慣として、夜に訓練していたフィルズの所にヴィランズが乱入しただけだ。

そして、軽くのつもりが、ヴィランズはここ数日まともに訓練もできなかったからか、本気モードになりかけていた。

「おい、ヴィランズ。そんな本気出すと、興奮して眠れなくなるぞ」

注意しても無駄だろうと思いつつも、楽しそうにニヤつきながら対面するヴィランズに一応は告げておく。

「はっはっはっ！　そしたら朝まで付き合えよっ」

「嫌だよ」

「いいじゃっ……!?」

フィルズの実力はヴィランズを追い越しており、いつの間にかフィルズの方がヴィランズに稽古をつける立場になっていた。

「やだよ」

「っ、ん⁉　おわっ！」

フィルズは落ち着けというように、ヴィランズの剣を強めに払い、足を引っ掛ける。

「うげっ‼　っ‼」

片腕を失っているヴィランズは、突然のことに受け身が取れずに顔から地面にダイブした。

「痛っう～っ」

顔を押さえながら座り込んだヴィランズの前に、フィルズが屈み込んで声をかける。

「ヴィランズさあ、本気モードになると、ない腕があるように錯覚するって気付いてるか？」

「っ、え……」

「やっぱ気付いてなかったか……まあ、あんたが本気になることって、そうそうないもんな。さっき倒れる時も、腕があるつもりだったろ」

見事に顔から行ったのは、そのせいだ。

「……あ……」

気付いたらしい。たまに抜けているのは、ご愛嬌だ。こういうところもあって、町の人にも団員達にも愛される人だ。

フィルズは屈んだまま、座り込んだヴィランズの前で足に肘をつき、顎を乗せる。

「なあ、義手とか義足を作ってみようと思うんだが、協力してくれね？」

「ぎしゅ？　ぎそく？　なんだそれ」

転生者達がいた頃にはあった。しかし、これも技術が衰退して今は失っている。あっても、義足のみ。義足と言っても、杖のような状態になっているものだ。何とか歩けるようにとだけ考えられたもの。

夕食時、スラムの話をしていて、フィルズの頭に浮かんだのは、戦争で失ったのだろう片足や片腕のない男達の姿だった。こんな世界だ。冒険者にだってそういう人はいる。

「偽物の腕とか足のことだ。杖みたいな棒じゃなくて、ちゃんと末端まで動かせる指もついた……古代の技術で作られたやつ。軽く描いた設計図もあるからそれを見せて……」

その時、訓練場に大人の男達、リゼンフィアとファスター王、ラスタリュート、トランダ、バルトーラが入ってきた。

フィルズは立ち上がって声をかける。

「やっぱ来たか」

来るだろうなという予想はしていたのだ。商品を手に取っていた時の興奮具合から、すぐに眠れないだろうと思っていた。そうなると、屋敷内をふらふらすることもできず、ここに集まるというわけだ。

ファスター王が口を開く。

「遅くにすまない……どうも落ち着かなくてな……」

「いいよ。あそこで、晩酌（ばんしゃく）でもどうだ？」

「っ、晩酌か。ああ。お願いしたい」

「はいよ。まあ、もう準備できてるけど」

ホワイトが既に、休憩所でその用意を整えていた。

テーブルには、まだ試作段階のお酒がいくつか置かれた。試作中ということもあり、小さな一抱えほどの樽（たる）に入っている。樽とは言ったが、下の方に蛇口（じゃぐち）が付いているジャグ付きの樽だ。凝り性のフィルズが作ったのだ。当然のように専用の台もある。

バルトーラが首を傾げる。この世界では水道が一般的ではない。貴族の屋敷では、水の魔石によって湧き水のように出して使っている。蛇口はこのフィルズの家でしか使用していない。町では井戸だ。

ヴィランズとフィルズが手を洗ってくるところを見ていたこともあり、バルトーラがそれをマジマジと見て問いかける。

「これ……水が出る魔導具だよね？　お酒じゃないの？」

「蛇口自体は魔導具じゃねえんだ。ただの部品で道具。家の蛇口と違って、これに魔石は組み込まれてない。中にある液体を出したり止めたりできる道具だ。こうやって……」

試しにと、グラスに注いで見せる。美しい小麦色の液体が出てきた。勢い良く出ないようにする設計もしてある。凝り性のフィルズらしい仕様だ。

出てきた液体を見て、ファスター王が確認する。

「これは、ビールか？」

大麦で造るビールはこの世界にもある。恐らく、転生者達が広めたものだろう。名前もビール。ただ、その頃よりも今のものは、格段に味が落ちているらしいと聞いて、フィルズが造ってみたというわけだ。

「国王でも飲むのか？　大衆用の酒だろ？」

ビールは比較的簡単に造れる。麦芽（ばくが）の発酵（はっこう）を利用するだけなので、それほど時間もかからない。よって、ビールは民達の酒として、貴族はあまり飲みたがらない。とはいえ、貴族も若い頃には好奇心で飲むものだ。そして、ワインと比べて優越感に浸る。彼らにとっては、ビールは不味いのが当たり前だった。

「城では飲めんな。若い頃に、城から抜け出して町で飲んだものだ」

「へえ。じゃあ、その時のと味を比べてみてくれ」

この間にも、ホワイトが全員分のグラスに注ぎ終えていた。本当は泡もきちんと立てたいのだが、今は我慢だ。毒味はどうしようかと考える暇もなく、ヴィランズが真っ先に口をつける。

「俺がはじめに！　っ、うまっ、ん？　ビール？　匂いもいいぞ？　それも冷えてる‼」

「いや、匂いは真っ先に嗅げよ……まあいい。で？　その辺の酒屋のと比べてどうだ？」

「美味い！　ってか、もう別ものじゃね？」

「いや、材料と製法は同じだ。違うのは温度や湿度の管理をきっちりしてることとか、手間を少しかけてる。他のものを入れたりとかはしてない」

他の酒屋はただ放っておくだけで良いと思っているのだろう。日々の温度管理も杜撰なため、味も悪くなるのは当然だ。

「マジか……もう一杯！」

「いいぞ。けど、まだ他にもあるから程々にしとけよ」

「よっしゃ!!」

酒精も高くない上、小さめのグラスの半分ずつぐらいの量だ。飲み過ぎになることはないだろうが、一応注意しておく。ヴィランズと違い、味わって飲んでいた他の者達は、その味わいと匂いに感動していた。

リゼンフィアも飲んだことがあったようだ。クラルスと出会った店で飲んでいたらしい。先んじて味見をさせたクラルスがそう話していた。

「……飲みやすい……」

「わよねっ。冷たいのもいいのかもっ。これならジョッキで欲しいわっ。私ももう一杯！　リゼンは？」

「ああ。もらう。私もこれならジョッキでも全部飲めそうだ……」

ラスタリュートとリゼンフィアもホワイトにお代わりを注いでもらっていた。

リゼンフィアがビールを飲んだのは、もうワインの味も知った頃だったのだろう。特に不味いものとして印象に残っていたようだった。

トランダとバルトーラは、しきりに頷き合って飲み干し、二杯目に入っていた。気に入ったようだ。

「そんじゃあ、次な。こっちはワインだ。ブドウは、領内の農園のやつ」

この世界では、ワインといえば赤ワインだ。黒ブドウしかないためだろう。何より、手をかけることをしない。よって発酵は皮ごと行い、渋みのあるワインになる。しかし、フィルズのワインはもちろん雑なことはしない。ワイングラスに入れられたそれは、美しい赤だ。

「っ、香りが……っ、なんとっ……っ」

ここでは毒味など必要ないのだ。ファスター王は我慢ならずに一口含む。そして、目を輝かせた。

「……ブドウだ……」

「マジだ。ブドウだわ……」

「っ、ブドウだな」

「ブドウよっ」

「ブドウ……っ」

「これがブドウ……っ」

面白いことになった。

「ぷはっ。ブドウに決まってんじゃんっ。あ～、でも、飲みやすくなり過ぎか？　時間短縮魔法でズルして造ってるが、まだ若いよな？　寝かせたらどうなるんだろう」

ワインを造るには、時間がかかる。なのでフィルズは、魔法で時短したのだ。お酒を造って欲しいという神達からのリクエストが入り、その魔法陣が手に入ったのだ。もちろん、改良もした。

ファスター王が魔法によってという言葉に驚いて顔を上げる。

「っ、魔法で？　時間を短縮？」

「そう。けど、これは企業秘密な。普通に仕込んだものもあるから、問題なく供給はできるようになる」

「そ、そうか……」

あまり突っ込まれても困るのでヒミツだと、指を立てて誤魔化しておいたフィルズだ。

「よし、そんじゃ次。これはロゼワイン。もっと飲みやすいから気を付けろよ」

初めて聞くワインの名に、一同は不思議そうにフィルズの指した樽を見つめた。

ロゼワインの造り方は、色々あるようだが、あまり気にせず、フィルズは気の赴くままに造った。

まあ、お酒の造り方なんて前世の夢の中でも出てこない。ビールやワインなど、転生者達がかつてこの世界で造ったお酒の資料は手元に来ていたため、それを参考にした。

魔法によって時短できるのだ。それなりにトライアンドエラーを繰り返し、それっぽいものが出来たので、それで良いと思っている。

「果汁多めでそれなりに手間をかけてある。色もキレイだろ」

クラルスがワインは苦手なのだと言っていたため、それならばと造ったのだ。普通にブドウジュースが飲みたかったというのもある。

ブドウの味は悪くなかった。この世界のリンゴ、アプラとは違い、甘みもある普通のブドウだった。ならばと赤ワインを作る過程で取り出し、発酵させる。これで、皮の渋みが少ししか出ていないピンク色のロゼワインになった。

「っ、これは……先ほどのワインよりも飲み過ぎてしまいそうだ……」

「女性にいいんじゃないかしらっ」

「美味しい……」

ファスター王はほうと息を吐いて、色や匂いを改めて確認している。飲み過ぎそうだと口で非難しながらも、その目は蕩けそうなくらい柔らかい。

ラスタリュートとリゼンフィアも驚いたようだ。

「俺にはちょい甘いかな〜。けど美味い！」

ヴィランズは、もっと酒らしいガツンとしたのが好みなのだろう。彼にはジュースのようなものかもしれない。

「酒という感覚がなくなりそうだ」

「っ、これは毎日でも飲みたいっ。お酒を飲みたがる人の気持ちが分かりそう」

トランダとバルトーラも気に入ったのだろう。バルトーラはあまりお酒を飲みたいと思う人ではないらしい。だが、これならばと目を丸くしていた。

「ははっ。母さんが気に入るように造ったから、ちょい甘めかもな。最後はコレ。一番キツいやつ。まずは舐めるくらいにしといてくれよ？」

最後のは転生者の資料にあった、一番手のかかっているウィスキーだ。ビールを造るついでのようなものだった。蒸留器は、化粧水や香水、消毒液などを作ろうとしていたので、既に手元にあった。トウモロコシ、この世界ではクルフと呼ぶ穀物なども簡単に手に入る。ならばできるかなと試したのがコレだ。

「本当は、何年も樽で寝かせるともっといい色になるんだけどな」

「十分美しいと思うが……」

「そこはまあ、俺の勝手な満足度が基準だから」

完璧主義のフィルズには、物足りないというだけ。もちろん美しい琥珀色だ。

「っ、た、確かにキツいっ……こんな酒があるのか……っ、だが……美味い……」

「美味しいっ。うっそっ、こんなのあるのっ？　今までのお酒がただの水みたいよっ」

「っ!!　うっ、匂いだけでも酔いそうだ……っ」

リゼンフィアも実はお酒が苦手なのかもしれない。

ファスター王は味わいながら、ラスタリュートはいくらでもいけますと言わんばかりだ。

「これだっ。俺が求めてたのはこれだ!!」

「ヴィランズ、そんな一気に飲むな」

「もう一杯！」

「おい、コラ。一気に飲むなってっ」

ヴィランズは注意しても一気飲み。気に入ったらしい。

「うむ……一舐めでも凄いな」

「……これは無理……」

「ああ、一般的には、水で薄めて飲むんだよ。キツいのが好きな奴は、そのままだが。あと、氷を入れて、溶かしながらとかな。時間かけて飲むヤツなんだ。ホワイト、水を」

《しょうちしました》

ヴィランズとラスタリュートは拒否。原液がお気に召したらしい。その他はたっぷり目に冷えた水を入れ、ホワイトが長いマドラーで掻き回してから再びそれぞれの前に差し出した。

「なるほど……おっ、これは……うむ、香りもまた仄かでいい」

「これならまあ……飲めますね。変わった味ですが……フルーティな……少し癖になりそうな……」

これはこれで気に入ったようだ。ファスター王はその香りを改めて楽しみ、リゼンフィアは不思議そうに味わう。

「気に入ったやつは、この樽のサイズで土産にやるよ。あとでホワイトに言っておいてくれ。ほれ、ツマミも食べろ。残ってる酒は好きに飲んでくれ」

厨房担当のリョクがタイミング良く運んで来たのは、三つ仕切りのある細長い皿に、一人分ずつ用意したおつまみだ。

おつまみの一つは、じゃがいもを一口サイズの角切りにして、軽く揚げた後にカリッと焼いたポテト。塩を振ってある。手で食べないだろうということで、その形にした。中はホコホコして美味しいはずだ。まだ温かい。

それとここでもカベツ。これは二種類あり、千切りにしたものを胡麻油(ごまあぶら)で炒め(いた)、細かくした唐辛子(とうがらし)のような実を混ぜたピリ辛炒めと、マヨネーズが出来たので、コールスローサラダ。にんじん(ネンシン)とタマネギ(ターネギ)も千切りにして混ぜて、彩り(いろど)も良く作ったものだ。ツナがあったら、ツナマヨのカベツサラダを是非とも作りたいと計画している。

「やべっ、ウマっ。これ、ポテイモだよな？　もっとねえの？」

じゃがいもを指しながらヴィランズがポイポイと口に放り込んでいく。

「そうだよ。軽く揚げてから、フライパンで焼いた。外がカリッとして美味いよな」

「美味い！　もっとねえの？」

「……そう言われる気がして、余分に作らせたけど……寝る前にそんなに食うな！」

「もうちょっとだけ！　リョクさんっ、お願いします！」

クマに普通に頭を下げる騎士団長。どうかと思う。

《しかたないひとでしゅねえ。もういっかいぶんだけでしゅ》

「あざーっす」

「……」

これは彼らがクマ達を完全に受け入れたのだと思えば良いのだろうか。少し呆れてしまうフィルズだ。因みに、フィルズはブドウジュースを飲んでいる。気持ちだけでも付き合っているつもりだ。

「そうだ。さっき言ってたヤツ見せるよ」

「ん？　なんだっけ？」

「……義手の話だよ」

フィルズは、完全にヴィランズが酔う前にと、ロッカーに入れてあったマジックバッグから設計図などを書いたアイデア帳を取り出す。思いついた時にメモしたりするのに使うが、大きめのＢ４サイズだ。ページを数枚めくって、それに描いた設計図を見せる。

「コレ」

「……腕じゃん……」

「腕だよ」

「だって、指もある」

「……当たり前だろ。義手なんだから」

「……凄くね？」

「ちょい時間かかるけどな。材質を何にするかとか、細かい部品を書き出してもこんだけ要りそうだし」

これも転生者の一人が資料としてまとめているらしいが、それはまだ手元にない。リザフトの話だと、恐らく辺境伯領と隣国の間くらいにある遺跡が怪しそうだ。多分、厄介な森の中だろう。

「……もしかして、動くのか……？」

「だから義手だって言ってんだろ」

「……マジ？」

「……そういえば、関節が動かせる人形がないんだったな……」

そこで、ゴルドがそれを持って現れる。

《おもちしました》

フィルズは、差し出されたものを受け取って褒める。

「さすがだな」

《いえ。しつれいいたします》

このためだけにゴルドは屋敷から出てきたのだろう。ここで話している内容は、ホワイトやリョクから知ることができるのだから。

フィルズが受け取ったのは白い鞄(かばん)。小さめのトランクバッグだ。縦の長さは四十センチほど。それをテーブルの上で開けると、中から三十センチはある人形が出てくる。長い黒髪の女の子の着せ替え人形だ。今は、一般的な町娘のワンピースを着ている。

それを見て、ヴィランズが目を丸くする。

「……え……」

この世界での人形といえば、木で出来た彫り物で、こけしのようなものが主流だ。ぬいぐるみだって、材料が要る。無駄なものという認識なのだ。子どものおもちゃといえば、木の端材で遊ぶ積み木だった。

大人もだが、子どもの娯楽品も少ない。だから、子ども達は広い場所で走り回って遊ぶくらいしかしない。そもそも、家の手伝いをするのに忙しい。

今回の人形も、まさか合成樹脂(じゅし)などが使えるはずもなく、材質は木だ。顔を彫っていなければ、デッサン人形のようだ。だが、きちんと関節が曲がるし、これは指も動くように作った。もちろん足も指まで作られている。細かい所まで作り込んだ自慢の一品だ。

フィルズは、周りの反応をとりあえず無視して、ヴィランズに人形の腕を見せる。

「ほらコレ。こうやって関節で切り替えるように作るんだよ。これは中に入ってるのが糸だけど、筋をいくつか繋いで、神経系は魔法でどうにか……」

そこでヴィランズの顔を確認すると、瞬きもしないでポカンと口を開けていた。

「おい。聞いてるか？　酔ってねえよな？」

「き、聞いて……る？　かも？　こ、コレがこの絵のな……うん……分かった……」

「分かってる顔に見えねえんだけど……」

「分かったことにした！　任せる！」

「いや、そんな堂々と思考放棄するなよ……」

もう考えないっと言わんばかりの顔になったヴィランズに、フィルズは呆れた。たまにあるのだ。

ヴィランズは、理論や理屈とか、どうでもいいらしい。

「はあ……じゃあ、協力してくれるんだな？」

「するするっ。動く腕欲しいっ」

「……おもちゃを強請るガキかよ……いいけどさ……ん？」

そこでようやく、食い入るように設計図や人形を覗き込む大人達に気付いた。

指まで動くということも彼らには驚きだが、ここでヴィランズとフィルズが話していた『義手』というのが何なのか理解し、更に驚いたらしい。

ファスター王が人形をじっと見つめている。

「それは……足や首も動くのか……？」

「ん？　ああ。こうして、座らせるとか」

正座させてみる。足の指まで気を付けた。

「っ、なんとっ……」

「こうやって……この人形用のコップを持たせたりとか」

鞄の中には、人形用の小道具がある。バッグや手鏡、櫛（くし）、お皿やナイフ、フォーク、ティーカップだ。そこからティーカップを取り出して、指に引っかけ、胸の前くらいで握らせてみせる。もう片方の手にはソーサー。持ち方が美しい。

「素晴らしい……まるで、本物の女性がカップを持っているようだ……」

正座だが、手の添え方も完璧だ。

「あとは、こうして……」

今度は、そのティーカップを外し、立たせてスカートの裾（すそ）を持たせ、片足を引いて頭を下げさせる。バランスを取り、自立させた。足の指まで作り込んだことと、パーツごとの重さなど、細かい所まで計算した作りであるため、きちんと自立して立たせることができるのだ。だから、この人形は見た目より少し重めだ。

「っ、こんなことがっ」

美しい、お手本のようなカーテシーを決めた人形に、ファスター王は堪らず立ち上がって側まで来る。

「最初は、孤児院の子ども達のおもちゃにでもする気だったんだが……ここまで作り込むと重くてさ」

三歳児が片手で持てなかったのだ。これなら、クマ達の方が軽い。

「こうやって自立しない、指まで作り込んでないのを改めて作って、それで遊んでるよ。ただ、遊びというか……」

フィルズが少し遠い目をした。予想の斜め上の遊び方をされたのだ。

「裁縫に興味あった子どもらが、端切れで他の子達の考えた服を作ってやったりしてるらしい……まあ、着せ替え人形の遊び方としては合ってるけどさ……」

普通に人形遊びするかと思いきや、半数ほどが、デザインや服の製作の方に興味を持ったらしい。

フィルズの次の目標は、子どもらが子どもらしく遊べるものを作ることだったりする。

軽く柔らかい木を使って、剣を作ってやれば、いつの間にか騎士の素振り訓練かというように、真剣な顔で五歳児から並んで素振りを始めるし、お店屋さんごっこでもと思い、お皿などを作って渡せば、メイドか接客の練習ばかりにきちっとした想定のごっこ遊びになる。

「子どもってどうやったら遊ぶと思う？」

「……どうとは……」

王相手に、子育ての相談をし始めるフィルズ。これに戸惑いながらも乗るファスター王。

「これで騎士の人形とか作ったとするだろ？　俺としては、持って振り回して、体当たりとかして相手を倒すとかして遊ぶかなと思ったんだよっ」

「あ、ああ……そうした遊び方もするものだなあ……」

木の人形というか、置物のようなものでは、そうやって遊んでいる子どもを見たことがあるので、遊び方が分からないというわけではなさそうなのだ。

「だよな⁉ なのに、孤児院のガキ達は、カッコいい構えとかの格好をさせて、それを真似るんだって、騎士のおもちゃの前で構えの練習するんだよ！」

「……それは……随分と真面目な子ども達だな……」

「だろ⁉ 子どもなら壊すとかしてみろよってんだよ！」

そうして、どうしたら壊れるのかというのも学ぶべきだろう。それで叱られて失敗を積み重ねていくのが子どもだとフィルズは言いたかった。

一方、ファスター王は困惑しながらも、子ども達の気持ちを推し量る。

「……いや……これは壊す気にはなれんが……」

「え？ だって、木だぜ？ おもちゃだぜ？ こんなん、設計図ももうあるし、いくらでも作れるのに？」

「……いくらでも……いや、これは精巧過ぎる……」

「そうか？」

フィルズは人形といえば、これくらい普通だという感覚がある。もちろんそれは、前世からきているものだ。

「母さんには絶賛されたんだけどな〜」

「……まあそうだな……その……娘にやりたいのだが……これは売ってもらえるか？」

「ん？　あ～……年齢を想定より上に設定すればいいのか。姫さんいくつ？」

「今年で十六だ」

フィルズが考え込んだ理由を察したファスター王は、素直に答えた。

「なるほど……人形遊びというより観賞用か？　そうなると……あ、売るのはいいぜ。ただ、在庫がねえから、出来たら送るわ。公爵宛に」

「っ……」

突然呼ばれたので、ラスタリュートとスケッチブックに描かれた義手と義足の設計図を見ていたリゼンフィアがビクリとしていた。

ほとんど常に無表情なのが宰相であるリゼンフィア。ファスター王も、十数年の付き合いの中で、ようやく少しはその表情を読めるようになったほどだ。

しかし、そんなリゼンフィアは今、明らかに肩を落とし、泣きそうな情けない顔をしていた。これにより、ファスター王は事情を察し、同情したようだ。

「……公爵……いや、うむ。それで頼む」

「はいよ」

神殿長が連れて来たということもあり、フィルズは身分に関係なく、ファスター王達を突然押しかけて来た少し迷惑な客として対応してきた。返事も軽いものだった。

「人形に着せとくドレスは……確か資料があるから確認してくれ」

「ああ……」

フィルズは立ち上がって、ロッカーに向かう。その後ろ姿をファスター王が何気なく見ていた。

すると、同じようにフィルズの背中を見ているリゼンフィアが彼の視界に入る。

ファスター王のフィルズの印象は、少々乱暴な物言いだが気持ち良く、忌憚(きたん)ない意見を遠慮なく口にする少年だった。距離をいつの間にか詰めてくるが、それが嫌ではない。寧ろ、心地よいとさえ思えるもの。それなのにフィルズは、リゼンフィアのことは、頑なに『公爵』と呼んで距離を取ろうとしているのだ。

彼が実の息子であるというのは、ファスター王もリゼンフィアから聞いている。そのリゼンフィアから、今まで何一つ父親としてするべきことをやってこなかったのだと後悔する声も聞いていた。彼は複雑そうな表情をフィルズとリゼンフィアに向ける。

「……息子か……」

この呟きを拾ったのは、ホワイトだった。気遣うように、こちらも声を落として伝えられる。

《リュブランさまでしたら、コランさまやセルジュさまと『談話室』でおくつろぎちゅうですよ》

まだ寝る時間には少し早い。リュブラン達は、教会の保護認定を受けてから、あまり一人になりたがらない。

保護される者達はそういった傾向があると言われている。一人でいると、孤独だった頃のことを思い出すのだろう。一人で問題を抱えて、たった一人で向き合わなくてはならなかった時のことが蘇(よみがえ)るのだ。

また一人で向き合わなくてはならないことになるのではないかと怯え、神官達に依存する。絶対的な味方がいるのだと確認したがる。彼らは人との距離感が分からなくなっている状態の場合が多いため、仕方がない。

神官達も分かっているので、上手に距離を取って他人との関わり方を教えていってくれるのだ。リュブランやマグナ、コラン達もそうなっているが、まだ成人前であることと、孤児院で過ごしたため、穏やかに距離感を掴めるようになり始めていた。

何より、同じような環境で育った者達がいたのだ。仲間意識もあるし、それを神官達は上手く織り交ぜ、様子を見てくれていた。

だから、ファスター王は、ここで再会した時、以前のリュブランとの違いに戸惑ったようだ。

「っ……あの子は……あの子達は恨んでいるだろうな……」

リゼンフィアのように、何一つしてやれなかったと後悔する資格さえないというのは、ファスター王も分かっているのだろう。

「……私も同じだな……いや、それ以下か……」

《あす、おかえりになるのです。いちど、おはなしになってはいかがです？》

「……話す……資格もない……私は、あの子を見殺しにしようとしたのだ……」

《……》

ファスター王は、王として過ぎたことを後悔できない。行ったことを、指示したことを取り消すことができないのだ。

フィルズによって、ここに滞在する間、王としての扱いを受けなかったことで、ファスター王は考えさせられていた。その苦悩は、フィルズによって与えられた罰だ。リュブラン達のことは特に触れなかったが、それはあえてだった。

項垂れ、額に手を添えながらホワイト相手に独白するファスター王を、フィルズは見ていた。彼には女神リューラも怒っていたのだ。

だが、フィルズとしてはこれくらい追い詰めればいいかと思っている。これを察したから、ホワイトは対応したのだろう。子ども達や冒険者達、教会で悩みを打ち明ける人々と関係を持ってきたクマ達は、急速に成長している。特にゴルドとホワイトの成長は目覚ましいものがあった。

《『誰かを恨む暇があれば、何を食べたいか提案しろ。反省でなく、過去を振り返るくらいなら、明日何をしたいか何をやれるかを考えろ』というのが、あるじさまがリュブランさまがたにおっしゃったことばです》

「……」

これは、いつの間にか他の大人達も聞き耳を立てていたために聞こえたようだ。

フィルズは思わず噴き出した。

「はっ。さすがに、よく覚えてるなあっ。ってか俺、そんなこと言ったんだ?」

《しょうこの『映像記録』もありますよっ》

ホワイトが自信ありげに少し胸を反らす。こうした動きもしっかり学習している。

「抜かりねえなあ」

《クラルスさまが、まいばんみておられます。ほんじつの、ちゅうぼうでのことばもです！　あるじさまのせいちょうきろくとして『永久保存指定』していました〜》

「なんだそれ……俺知らねえけど」

《わたしとゴルドではんだんしました！》

「いいけどさ……」

映像記録機能をクマ達には搭載している。どうせ視覚機能を付けるのだから、ついでにと考えるのは当然だ。最初はいざという時の証拠映像として、ただ記録、保管するくらいのつもりだったのだが、フィルズが遊び半分で編集してみたのが始まりだ。これにより、いつの間にかゴルドとホワイトが映像編集をできるようになっていたらしい。

《ちなみに、きのうのおひるすぎに、こちらにこられた『神殿長』さまとクラルスさまは、かんしょうかいをしておられました。こんごもされるようです》

「っ……また妙な顔をしてたのはそのせいか……」

昨日の夕方、フィルズが孤児院に寄った時に、出会(でくわ)した神殿長が、何やら嬉しそうな、誇らしそうな顔をしていたのだ。原因はソレだったらしい。

「はあ……まあ見せちまったもんは仕方ない。それより、人形に着せる服だけど……コレどうだ？」

「っ……美しいな……うむ。良いと思う」

ファスター王に見せたのは、ドレスや服のデザイン画だった。クラルスとまだ公爵邸にいる頃から、コツコツ描き溜めていたものだ。こちらはB5サイズのノートだった。選んだのは、ふわりとした可愛らしい印象のドレスだ。

「色は……何色が好きだ？」

「……それは私には……」

「あ……悪い……」

人形を贈ることになる王女の好みを尋ねれば、困ったように手を顎に添えて考え込む。この世界の王侯貴族の父親に聞いたのは間違いだと気付き、思わず謝った。

特に、王女は今年で十六歳。まだまだ難しい年頃だろう。思春期とは体の変化に伴うものだ。考え方もこの頃に変わったりする。親子としては付き合いにくい時期だ。

フィルズは、ラスタリュートに目を向けた。表情から、彼なら何か知ってそうだったのだ。それは外れていなかった。

「青や緑だったはずよ。たいてい、その色のドレスを着ておられたわ。デビュタントのドレスも若葉のような鮮やかな緑を選んでおられたもの」

「へえ……分かった」

王女にしては、大人しめの色を好むものだなと、少しばかり不思議に思ったが、女子は個性も確立する時期が早いと聞く。そんなものかと一応納得した。

青、緑とメモしながら、ファスター王の様子をチラリと横目で確認する。ホワイトにリュブランのことを言われたからか、少し考え込んでいるように見えた。ここに滞在する間、ファスター王が声をかけたり、あからさまに目を向けたりはしなかったが、リュブランを気にしているのは確かだった。

「王って、面倒くせえのな」

「っ……突然だな……いや、だがそうだな……」

「アレだろ？　友達とかも選ばないとダメなんだろ？　話したくても話せない人とかいそうだよな」

フィルズは、本当につまらなさそうに、頬杖を突いて明後日の方を見る。

これにファスター王は目を丸くした。こんなにもはっきりと、明け透けに言われたことなど、生まれて初めてだったのだ。そして、少し嬉しそうに目元を和ませた。

「君には隠し事ができそうにないな」

「隠し事をしなきゃならん役職に同情するよ」

「ふふっ。なるほどっ……確かにそうだ。隠し事が多くてかなわん。だから……またここに来て、君と話をしたいものだ……」

「……」

相談する相手も、一々考えなくてはならない。行きたい場所にもすぐには行けず、一人になっても不安なだけ。

だが、この屋敷では違った。屋敷の敷地内ならば、騎士であるラスタリュートを連れて歩く必要もなかった。毒の心配もなく熱々のものが食べられ、笑い声が響く食卓。ここは、王にとって、貴族にとってあまりにも魅力的な場所だった。ここでの自由を知ったら、これからの本来の日常が苦になるのは明らかだろう。

そうなることも見込んで、フィルズは彼らと接してきた。これも罰としていいかもしれないと。

ただ、これだけはと思って提案する。

「……部屋に戻ったら、リュブランに手紙を書いたら良い。検閲もしねえし、王としての言葉なんて必要ねえ……個人として、一人の父親や家族として書けるだろう」

「……っ」

「紙とペンも用意する。何枚でも書け。気が向いたら、リュブランの手紙もいつか届けられるようにしてやるよ」

頬杖を突いたまま、ニヤリと笑って伝えるフィルズに、ファスター王は泣きそうな顔で自然に少し頭を下げた。

「っ……ありがとう……」

「おう」

今度は晴れやかに笑うフィルズを見て、ファスター王もすっきりした顔をした。

そこを狙っていたわけではないだろうが、ヴィランズが乱入してくる。

「なあっ、フィル坊！　この腕いつ頃出来るんだ⁉」

「まだ素材の検討もしてねえんだ。早くても一年かな」

遺跡にあるはずの賢者の資料が手に入れば、もっと短縮できるかもしれないが、今までのように数日でとはいかない。

「早く欲しい！」

「俺はゆっくりやりたい。他にも手え出してることあるし」

「えっ、まだ何か作るのか？」

「ああ……男爵領のこともあるし、農耕機(のうこうき)を……」

「「「「のうこうき……？」」」」

「あ〜……説明面倒臭……」

言うんじゃなかったと後悔しながらも、スケッチブックを数枚めくり、それを見せた。

大人達は最後まで目を丸くしていた。そうして、彼らの滞在最後の夜は更けていったのだ。

ミッション⑦　商会の始動

翌日、朝十時頃。フィルズの屋敷の前に馬車が並んでいた。

「世話になった」

ファスター王が馬車の前でフィルズへ礼を伝える。

見送りには、距離はあるがクラルスやセルジュ、リュブラン達もいる。

第三王妃はそのまま神殿長預かりになり、大聖女レナが彼女とミリアリアとの話し合いを続けることになっていた。

ミリアリアには、いつでもリゼンフィアと別れられるよう、実家とも縁が切られる可能性もあると仄めかすため、今後担当の侍女もつかないことになった。お金も小遣い制。着替えなども自分で行い、食事も使用人達と同じものを食べる。服も自分で作れるようになってもらい、部屋の掃除もする。

性格矯正と並行して、一人でも生きていけるように指導することになったのだ。これを聞いた時、真っ青になって震えていたのを、隠密ウサギ達が確認している。

宝石やドレスも没収。金庫に入れたり、売って今後のミリアリアのお小遣いに選り分けられた。誰も知り合いがいない修道院に入れられるのと、どちらが良いかは分からない。これまで虐げていたり、顎で使っていた使用人達に、頭を下げてお願いして、掃除の仕方などを教えてもらうしかない状況に追い込んでいく。プライドの高い彼女にとっては、許し難いことだろう。

そこに、信じていた息子のセルジュの塩対応が入るのだ。修道院に入って、いつか迎えに来てくれると信じ続けるよりも、目の前で冷たい目で見られ、監視され続ける方が良い薬になりそうだ。多分、セルジュはフィルズやクラルスが仮にミリアリアを許したとしても、二度と母親に心を開かないだろう。それが一番こたえそうではある。

クラルスもフィルズも、ミリアリアとリゼンフィアを今のところ別れさせる気はない。蟄居も許していないのだ。どのみち、何が悪かったのか、何を反省しなくてはならないのかを自覚しなければ、待遇を最底辺に落としたとしても逆恨みされるだけ。

よって、心からの反省を示すまで本人同士で話し合ってもらうことになっている。リゼンフィアにとっても苦痛だろう。因みに、トランダとバルトーラもこれに加わる。

そのトランダとバルトーラはもう一日ゆっくりしていく気らしいが、リゼンフィアはファスター王の一行と共に今日、王都へ戻ることになる。

「何かあれば神殿長に伝えられる。『イヤフィス』も使えるはずだからな」

『イヤフィス』は、先日完成させた遠話機の名称だ。お互いのイヤフィスに通信するには、本人同士が直接出会って、端末に魔力波動を登録させなくてはならないので、知らない人にかかることはない。この登録を、フィルズはファスター王とラスタリュートとはしていた。

「繋がらない時は、伝言機能を使うか、クマの誰かに繋げればいいから」

留守電機能も付けていた。クマ達にもそれぞれ繋がるよう機能を付けている。こちらも登録は本人同士でしなくてはならないので、クマが同意すれば可能だ。これを聞いて、ファスター王はホワイトと登録をお願いしていたようだ。

「ああ。連絡させてもらう。その……公爵とは、本当に登録しなくて良いのか？」

「ん？」

同じようにイヤフィスを買っているリゼンフィアだが、彼とだけは、フィルズは頑として登録しなかった。もちろんクラルスもだ。すげなく断られていたのをファスター王は知っていたのだ。今もリゼンフィアはどこか肩を落とした様子で、馬車の前に所在なげに立っている。

「いや、だって、手紙でやり取りするって約束したから」

「……そうなのか……」

含みのある笑顔で答えるフィルズに、ファスター王はチラリとリゼンフィアを確認する。リゼンフィアとフィルズの二人で夜に訓練場の休憩所で話をした時に、確かに約束した。

『っ……手紙を書く……だから、気が向いたらで良い……返事をくれないか……っ』

『ふっ、いいよ』

これが有効だと主張してやったのだ。

密かにホワイトが記録していたらしく、その記録映像をリゼンフィアに見せたら、絶望したような顔をしていた。

因みに、セルジュも拒否しており、なんとかカナルとは繋がったことで妥協するしかなかった。セルジュのそれはもう意地になっているのだろう。後日、フィルズの方でもフォローしておこうと思っていた。

「そっちこそ、リュブランとは結局話せず仕舞いか？」

「……ああ……すまないが、この手紙を……渡してもらえるだろうか」

フィルズが勧めた通り、手紙を書いたらしい。

「分かった。また書くなら、公爵経由で送ってくれ」

「そうしよう……私もこれから、貴族の在り方、貴族の家族というものについて、考えることにする。修復の仕方も……きちんと考えよう」

「そうしてくれ」

リュブランとファスター王の関係も考え直す必要がある。ここまで拗れる社会事情にしてしまった過去の人々を恨まずにはいられない。ファスター王は、今代の王として、それを変えていくことを約束してくれた。ただ、どうすればいいのかはまだ迷っているようだ。

「難しい問題だ……」

「そうか？」

「……どこから手を付けていいものか分からない……」

こうした弱音も、なぜかフィルズの前ならば吐けるようになっていることを、ファスター王は自覚していない。それは神子としての力だ。フィルズ自身にも自覚はなかった。だから、軽い調子で告げる。

「ならまず、自分がやられて嫌なことを他の奴らにさせないようにしたらどうだ？」

「やられて嫌なこと……」

「結婚とか、強要されなかったか？」

「……されたな……」

「義務だからって、ろくに話したこともない相手は困るな～って思わなかったか？」

「思ったな……」

「じゃあ、そこからだ」

「なるほど……」

決めてしまう前に、その人を知るために付き合う。その時間を作ってやるのは大人の仕事だろう。

「大人が無責任過ぎなんだよな。自分達で勝手に育ったと思ってるから、子どもも放置しとけば勝手に育つと思ってんだ。親に会えなくて寂しかったとか、気にしてもらえてないって意地になった頃があったはずなのにな」

「……」

ファスター王の顔色が変わった。それは誰でも経験のあることだ。子どもは初めから親に失望していたりはしない。

「そういうところから手を付ければいいんだよ。誰にだって子どもだった時があるんだからさ、想像力が欠落してる貴族にも分かるだろ」

「……そうだな。ああ、ありがとう。やれそうだ」

「おう。じゃあ、まあ、頑張ってくれ。気を付けて」

そうファスター王に伝えると、頷きが返ってきた。そこへ、ラスタリュートが笑顔で割り込んだ。

「フィルズ君、今度来た時は、手合わせしてちょうだいね？」

「分かった。来る時は一応連絡してくれよ？」

「ええ。ちゃんと登録したもの。ヴィランズ団長の腕も期待してるわ♪」

誰よりも、実感の湧かないヴィランズよりも、ヴィランズの義手をラスタリュートは楽しみにしているようだ。

「あ、そうだ。ちょい試して欲しいんだ。これ、試供品(しきょうひん)な」

「なあに？」

ラスタリュートに渡したのは、化粧水の入った大きめの瓶だ。技術を登録したキャップでしっかりと封ができる。そのキャップは、どこかに転がって行かないように、紐で瓶の口元と蓋の頭に付けた小さな輪で繋がっている。

キャップを開けると、一振りで数滴しか出ないようにゴムキャップが付いている。フィルズはそれを振って、持っていたタオルに染み込ませて見せる。

「布にコレを染み込ませて……腕のとこ、拭いてみてくれ」

「塗るの？　冷たっ……あ……凄い、スッてするわ。気持ちいい……」

「肌触ってみ」

「……っ、すべすべなんだけど!!　凄っ！　何これ！　それに、ちょっとだけどいい匂い……」

清涼感のある化粧水だ。

「騎士とかって、野営とかで汗かいたまま過ごしたりするだろ？　熱い日とかでも行軍訓練とかあるじゃん？　あれ、肌が荒れたりするんだよな。それで、消臭と虫除け効果もある化粧水を作ってみたんだ。女冒険者達に、相談されたことがあったからさ」

女性の冒険者も身なりには気を遣っている。けれど、冒険者である以上、野営もするし、満足に体を洗える場所がいつも見つかるとは限らない。だから、せめて汗を拭いて、すっきりできるようにと考えていたのだ。

「熱い夜とか、少しの水に数滴これを垂らして、その水に浸した布で体を拭くとさっぱりする。化粧水と同じだから、肌の調子も良くなるはずだ。その試験を頼みたいんだ。悪いものは配合してないし、問題はないと思うんだが、一応な」

「っ、ありがとう!!　任せて！　しっかり試すわ！」

感激してフィルズの手ごと化粧水を握るラスタリュート。それに押され気味になりながらフィルズは頷く。

「お、おう。頼むわ……」

「王都に戻ったら、騎士団で買ってもらえるように交渉もするわ！　これで、臭い、汚い、男臭い騎士団を撲滅するのよ!!」

「……そんなに臭かったか……」

『臭い』を二回言うほど気になっていたのは分かった。需要はありそうだ。

「王都に着いたら連絡するわ！」

「ああ……よろしく」

大口の契約になりそうな予感がする。

「本当、来て良かったわ〜。ちょっとリゼン！　いつまで拗ねてるのよ！　こっち来なさいな」

ラスタリュートに言われてリゼンフィアが近付いて来た。

「っ拗ねてない！　そ……その……フィル、手紙を書く……」

「ああ。まあ、俺の方が忙しくなるから、返信は気長に待ってくれ。母さんの分も」

「……分かった……それで……これからはなるべく……戻って来る……その時は会ってくれるか？」

ジェスのこともあり、今までのように任せ切りにはしないようにするつもりのようだ。もちろん、フィルズやクラルスと会う機会を作ろうとしているのもある。その考えが透けて見えて笑った。

「いいんじゃね？　突然来るのは困るから、来る時はホワイトかゴルドに連絡してくれ。登録はしたんだろ？」

「した。ありがとう……なら、また」

「ああ、また」

リゼンフィアはそれを聞いて、子どものようにふわりと笑った。

「出立（しゅったつ）！」

そして、彼らは王都へと帰っていった。

フィルズが、馬車が門から出て行くのを見送っていると、セルジュとクラルスが横に並んで、左右から顔を覗き込んで来る。

「フィル、なんで嬉しそうなのさ」

「許してないわよね？　なんで笑ってるのよ～」

「ん？　だってさ。笑った顔が、兄さんとそっくりだったから」

「えっ」

「あ～……」

セルジュは少しショック気味に、クラルスはそういえばというように目を逸らしながら声を出す。

「え!?　似てる？　あの人に似てるの!?」

「なんだよ。兄さん、すげえ嫌そうな顔するじゃん」

「嫌だよ！　あんな薄情者と似てるなんて！　もう笑わない！」

「いや……そんな無茶な……」

セルジュの中で、父親の株は暴落している。回復の見込みは当分なさそうだ。

「似てるなんて言って悪かったよ。ほら、兄さん、昼メシ何にする？」

「……パスタ。あ……その……作ってみたいっ」

「分かった」

「私も！　お料理してみたい！」

「ならみんなで料理教室でもするか」

「「するっ」」

リュブラン達も誘って、少し遅い昼食になるかもしれないが、楽しい時間になりそうだ。

行きとは違い、リゼンフィアとファスター王は同じ馬車に乗っていた。王都までの道中、話し合いたいこともあったのだ。

出発して三時間ほどが経ち、公爵領を抜ける頃。もう少しで休憩を取ることになる野営地に着く。

「こうしてみると、あの町は賑やかだったのがよく分かる」

「はい……」

子ども達の笑い声が響き、冒険者達が肩を組んでその日の功績を称え合う。兵や騎士達が住民達と気安く話し、女性達が噂話に花を咲かせる。その中にクマが交じっていたのも奇妙だが、なぜだか笑って受け入れられた。

「王都にもない活気があった……それも、あの子の影響だろうな……」

「はい……」

彼らが思い浮かべるのはフィルズのこと。本来なら、良い息子を持ったなと褒めて、褒められるだけのはずだ。しかし、複雑な状況からそれができない。

「代官は予定通りか」

「はい。契約で縛りました……一番こたえていたのが、ミリアリアとの接触禁止でした……手紙もダメだと伝えたら放心していましたが……」

「誰かを愛するというのは、そういうことなのだろうな……」

「はい……」

ファスター王やリゼンフィアも、今回のことで初めて令嬢達の考え方や教育に問題があったのだと知った。男性は女性の教育に口を挟まないのが常識だし、女性が男性の考え方に口を出さないのもまた常識だ。その常識としていたことが間違っていたのだとは、普通は気付かない。

それが、政略結婚の末に愛されないかもしれない女性達の心を守るものだとしても、良いことではないはずだ。

「ここ数日で、色々と気付かされた。市井では、女性が店を切り盛りする所もある。公爵領の商業ギルド長も女性だったな」

「はい……それに、大聖女様が本当に商会長をなさっているとは……名だけ貸し、運営は別の者がしているものとばかり思っていましたが……」

フィルズの様子を見るに、市井では正しく知られていたのかもしれない。大聖女が真に商会長であると。

「うむ……あのご様子だと、ご自分で買い付けなどもなさっておられるようだ……男だ女だと……

区別していたことが恥ずかしい」

「我々は、商売など女性にはできないものと、勝手に決めつけていたのですね……」

それが愚かなことであると気付けたのは、この数日があったからだ。

「それは子ども達にも言えるな……あの子達は、成人間近とはいえ、子どもだけであのような……」

「はい……」

『セイスフィア商会』は、間違いなく数年で大商会と呼ばれるようになるだろうと、二人は確信していた。

「リュブランが……あんな風に笑う子だとは知らなかった……十分に与えていたと思っていたが……何一つ、あの子へ与えられていなかったようだ……」

「……」

自分の道は自分で切り拓いていくものだと言って突き放すだけ突き放して、勝手に失望していた。最後に彼が選んだ道も、ようやく自分で道を見つけたかと一目確認しただけで勝手に行かせた。その愚かさに気付いたのは、神殿長に諭されたからでもある。

「神殿長に教えられて気付いたことに恥じたのは、初めてだ……」

今までは、言われたことを素直に受け止めてこられた。しかし、今回はそんなはずはないと、自分の中で葛藤があったのだ。それは、認めたくない失敗を見つけられた感覚だった。

「王族の親子はそういうものだと思い込んでいたが……そうある必要はなかったのだと叱られたよ……」

「……」

王族の親子は普通の親子とは違う。違うべきだと思っていた。他の貴族もそうだろう。民達とは違うのだと、そこでも区別しようとする。そんなものに違いなどないというのに。

「当たり前のことを、なぜかと疑問に思うこともせず、当たり前だからと受け入れてしまっていることが、少し怖くなった……」

「っ……はい……」

自分もそうだったからと、当たり前に受け入れる必要はないのだと気付かされた二人だ。

「あの子も言っていた……『大人が無責任過ぎなんだ』と……『誰にだって子どもだった時があるんだから』と……」

「フィルが……」

「ああ……忘れていたよ。確かに、子どもの頃は、嫌なことでも『王子としてやるべきだ』と強要されてきた。それが必要なことは、今ならば分かる。だが、その時は分からなかった。それがなぜ必要なのかという明確な説明もしてもらえず、苛立ったのを覚えている……」

何にでも反発したい時期だったのだろうと、今は思うが、その時になぜ教えてくれなかったのかと思わずにはいられない。

「理由が分からないながらも、父上に褒めてもらえるならばと努力したものだ。自分が思うほど褒めてもらえず、悔しくて泣いたことも覚えている……貴族達の心ない言葉に心を痛めたことも……弟達が必死で手を伸ばしていたのを振り払ったことも……」

「……っ、陛下……」

ファスター王は片手で顔を覆う。今まで忘れたことにしていた。それを思い出したのだ。

リュブランと同じように、ファスター王の弟達は成人後、問題児達を数人引き連れて戦争に向かわせられ、帰って来なかったのだ。そうして代々、王位継承の問題や、王妃達の問題を王子達の死によって解決してきた。

「これも悪しき慣習か……っ」

なぜ今の今まで、それがおかしな慣習だと気付かなかったのか。当たり前と思ってきたことが、そうあってはならなかったのだと気付かされる恐怖。これを感じたくないから、人々は気付かない振りをするのだと、今のファスター王やリゼンフィアには分かった。

「変えねばならん……ここで変わらねば……変えられねば何が王だ……っ、手伝ってくれるか、リゼン」

「っ、もちろんです。それに……っ……それらを全て解決しなくては……っ、縁を切られてしまいます……っ」

「……ん？　あの子とか？」

ファスター王はその事情を知らなかった。悲愴な面持ちのリゼンフィアが答える。

「はい……クラルスも……っ」

「……手は抜けないな……」

「はいっ。死ぬ気でやりますっ。見捨てられないようにっ」

「う、うむ……あの子は容赦ないな……これが生かさず殺さずか……確かに上手く使った方が無駄がない……」

他人に迷惑をかけたまま牢に繋ぐより、誰かのためになるように働かせる方が良い。自分の面倒も自分で見させる。

「看守の手を煩わせるのももったいない。これも考えるとしよう……」

これからの罪の償い方を、改めて考えるべきかもしれない。

馬車が停まった。ラスタリュートが外からドアをノックする。

「失礼します。これより、休憩に入ります。昼食はこちらです」

リゼンフィアへと手渡されたのは、上部に取っ手の付いた白い箱。取っ手を合わせることで蓋をする仕組みらしく、フックを外すと取っ手が左右に分かれた。開くと、冷気が感じられた。

「冷たい？」

「冷えているのか？」

「それ、試作の保冷箱だそうです。魔力を込めて使うタイプですが、満タンにすると、丸一日ほど3℃くらいを保ってくれるんだそうで。そのまま騎士団で使って良いと言われましたので、箱は後で回収に来ますね」

「「……」」

まさか、そんなものまでと、リゼンフィアとファスター王は絶句した。

ラスタリュートはうんうんと頷く。

「いやあ、本当によく出来た息子だよね、リゼン。きちんと私達の分も用意してくれたんだ。道中でお菓子とか、生ものもお土産にもできそうで嬉しいわ。それでは、ごゆっくり」

「「……」」

二人はその箱を見つめた。今でも冷気が発生しており、馬車の中が少し涼しくなった。それだけでも有用性がある。

「……リゼン……宰相よ……あの子との縁は何が何でも切らないように。国王命令だ」

「はい！　その代わり、協力してください！」

「もちろんだ。死ぬ気でやり遂げよう！」

「必ず！」

彼らは今後、フィルズに見捨てられないよう今まで以上に国のために働き、同時にフィルズから与えられた課題に取り組むことになる。

因みに、お弁当として保冷箱に入っていたフィルズ特製のＢＬＴサンドに感動した二人と、同道していた護衛の騎士達は、『あの味が忘れられない』としつこいほどに手紙や通信でフィルズに伝えるようになる。

フィルズが、『今度はサンド狂いかよ。だからどうなってんだ、この世界の食事事情！』と叫ぶことになるのは数日後だ。

◆　◆　◆

王達やトランダ達が帰って行き、大聖女レナと神殿長の尽力により、ミリアリアと第三王妃も落ち着き出した頃。ようやく商会として本格的に始動する日がやって来た。

気持ち良く晴れたその日。フィルズは、クラルスや従業員になるリュブラン達に指示を出しながら、忙しく朝から動き回っていた。

「母さん。舞台とマイクの最終チェック頼むっ」

「は～いっ。ローズちゃん行くわよっ」

《あいっ》

淡いピンク色をした、相棒とも呼べるクマと共に、軽やかに駆け出していくクラルスは、今日のためにフィルズが作った服を着ている。

クラルスは髪色や瞳の色を隠す必要はないとして、本来の藍色の髪と瞳の色で、それが映えるよう、今日は淡い黄色の服だ。

踊り子として旅をしていた時はズボンが普通だったと聞いていたため、それを思い出してもらうためにもとガウチョパンツを作った。上は白のブラウスに、パンツと同じ淡い黄色の短めのジャケットを合わせた。更に、海兵のような平たい白の帽子も用意した。初めて見る人々に大いに衝撃を与えることだろう。

これから分かるように、クラルスには広告塔になってもらうのだ。大勢の前に立つことにも物怖じしないクラルスならば、楽しんでやってくれるだろうと期待している。

「フィル君。テーブルの配置確認と、商品の陳列確認終わったよ」

声をかけてきたのはリュブランだ。こちらも、普段とは違う。淡い青のブラウスに紺色のズボン。そこに黒の腰巻きのエプロンを着け、ブラウスは七分丈。爽やかな店員の仕様だった。

因みに、フィルズもブラウスの色がクラルスの服装と同じ淡い黄色なだけで、同じ格好をしている。ブラウスの襟元には、落ち着いて接客できるようにと、弱めの【精神安定】の加護刺繍。エプロンの裾の端には、商会のシンボルマークが白い糸で入っている。中央に一対の翼があり、それを桜のような花と花びらが丸く周りを飾っているマークだ。かつての賢者達からの恩恵を受けるということで、このようなデザインにした。

「料理の確認は？」

「コランが今……確認したって。こっちの準備は完了だよ」

リュブランの耳にはイヤフィスがあり、それで連絡を取っていた。フィルズの方に全部連絡が来ると混乱するということで、グループごとに連絡を取ってもらっている。そして、それぞれのグループの代表がリュブランに報告し、それらをまとめて総代表であるフィルズに報告をするというわけだ。

「よし。なら……ホワイト、歩道を起動してくれ」

『《りょうかいです》』

イヤフィス越しに了解と伝えられ、入り口近くから続く動く歩道が起動した。

「リュブラン、全員に連絡してくれ。身なりを確認して門の所に集合だ」

「了解」

こういう時のため、連絡網も確立しているので、すぐに連絡は回る。

そして、十分後。門の前に従業員全員が揃った。勿論、店員として働くクマ達もいる。

「緊張する……」

マグナがそう口にすれば、リュブラン達も笑いながら同意した。そこにクラルスが口を挟む。

「うふふっ。でも、ちょっとわくわくしない？」

「「「っ、しますっ」」」

これにも少年達は同意だ。これから始まることに、ドキドキしている。そして、それを【精神安定】の加護刺繍が少しだけ抑えてくれていた。

客を迎える想いも万端整ったということで、フィルズが前に出て声をかける。

「心の準備はいいな？　開けるぞ。ホワイト」

この合図を受け、門が自動でゆっくりと開いていく。その先に多くの町の人々が待っていた。

フィルズはゆっくりと息を吐いて、大きく息を吸った。その手には四角いコードレスのマイクが握られている。

「ようこそ、セイスフィア商会へ！　商店街『セイルブロード』！　これより開店します！」

「「「「わぁぁぁっ」」」」

歓声が響いた。ある者は、見慣れないフィルズ達の服装を見て。ある者は、手を振るクマ達を見て。またある者は、初めて見る建物の配置や、料理の匂いに目を輝かせる。

こうして、神が願う改革の大きな第一歩が踏み出されたのだ。

Moto jashin tte honto desuka!?
元邪神って本当ですか!?
万能ギルド職員の業務日誌
1~4
元神様な少年の自重知らずな辺境暮らし!
shinan
紫南
辺境の冒険者ギルドで職員として働く少年、コウヤ。彼の前世は病弱な日本人。そして前々世は――かつて人々に倒された邪神だった！邪神の過去があっても、コウヤ本人は天然で心優しい。今世ではまだ神に戻れていないものの、力は健在で、発想も常識破りで超合理的。冒険者からの支持も厚い。その結果、劣悪と名高い辺境ギルドを二年で立て直し、トップギルドに押し上げてしまった！ 唯一の悩みは上司が横暴なことだったのだが、なんと伝説の冒険者が、新たなギルドマスターになり、コウヤの改革はさらに躍進する……!? ペーパーナイフ1本で凶暴キメラを倒したり、知らぬ間に加護を与えちゃったり……自重知らずの少年は、今日も元気にお仕事中!
全4巻好評発売中!
●各定価：1320円（10%税込） ●Illustration：riritto

2023年7月から
TVアニメ
放送予定！

シリーズ累計
80万部
突破!!
（電子含む）

魔王討伐を果たした魔法剣士カイル。自身も深手を負い、意識を失う寸前だったが、祭壇に祀られた真紅の宝石を手にとった瞬間、光に包まれる。やがて目覚めると、そこは一年前に滅んだはずの故郷だった。

各定価：1320円（10%税込）
illustration：布施龍太
1～10巻好評発売中!

待望のコミカライズ!
1～10巻発売中!

漫画：三浦純
各定価：748円（10%税込）

アルファポリスHPにて大好評連載中!

アルファポリス 漫画　検索

余りモノ異世界人の自由生活 1~5

勇者じゃないので勝手にやらせてもらいます

[著] 藤森フクロウ Fuzimori Fukurou

幼女女神の押しつけギフトで快適！辺境ソロ生活！

1~5巻好評発売中！

●各定価：1320円（10%税込）
●Illustration：万冬しま

勇者召喚に巻き込まれて異世界転移した元サラリーマンの相良真一（シン）。彼が転移した先は異世界人の優れた能力を搾取するトンデモ国家だった。危険を感じたシンは早々に国外脱出を敢行し、他国の山村でスローライフをスタートする。そんなある日。彼は領主屋敷の離れに幽閉されている貴人と知り合う。これが頭がお花畑の困った王子様で、何故か懐かれてしまったシンはさあ大変。駄犬王子のお世話に奔走する羽目に!?

待望のコミカライズ好評発売中！

●定価：748円（10%税込）
●漫画：村松麻由

その日暮らしだった僕だけど……授けられたのは創造神の加護!?

異世界のはじっこで陽だまりの街作ります!

異世界の路地裏で生まれ育った、心優しい少年ルート。その日暮らしではあるけれど、明るくたくましく暮らしている。やがて10歳の誕生日を迎え、ルートは教会を訪れた。仕事に就く際に必要な『技能スキル』を得るべく、特別な儀式に臨むためだ。そこでルートは、衝撃の事実を知る。なんと彼は転生者で、神様の手違いにより貧困街に生まれてしまったらしい。お詫びとして最強のスキルを授けられたルートは、路地裏で暮らす人々に幸せを届けようと決意して——天才少年のほのぼの街づくりファンタジー!

●各定価:1320円(10%税込)　●illustration:キャナリーヌ

前世の知識で**大改革**しながら

のびのび **下町ライフ！**

生まれて間もない王子アルベールは、ある日気がつくと川に流されていた。危うく溺れかけたところを下町に暮らす元冒険者夫婦に助けられ、そのまま育てられることに。優しい両親に可愛がられ、アルベールは下町でのんびり暮らしていくことを決意する。ところが……王宮では姿を消した第一王子を捜し、大混乱に陥っていた！　そんなことは露知らず、アルベールはよみがえった前世の記憶を頼りに自由気ままに料理やゲームを次々発明。あっという間に神童扱いされ、下町がみるみる発展してしまい――発明好きな転生王子のお忍び下町ライフ、開幕！

◉定価：1320円（10%税込）　ISBN 978-4-434-31343-1　◉illustration：キッカイキ

新しい人生は
すくすく生きたい!
不治の病で
部屋から出たことがない僕は、
回復術師を極めて
自由に生きる
土偶の友
Dogu no Tomo
Presents
心優しい少年の
やり直しファンタジー、開幕!
生まれてから一度も部屋の外に出たことがないバルトラン男爵家、次男のエミリオ。彼の体は不治の病に侵され、一流の回復術師でも治療は不可能だった。外で元気に走り回る兄や妹の姿を見つめては、もし自分が元気だったらと想像する毎日。だがエミリオはある日、とある回復術師と出会ったことをきっかけに自分に魔法の才能があることを知る。想像したことが現実になる魔法は、病身だからこそ想像力が極端に高い彼と相性が良かったのだ。秘められた才能に気付いたエミリオは回復魔法を極めて、自分自身で不治の病を治すことを決意する——!
●定価:1320円(10%税込)
●ISBN 978-4-434-31011-9
●illustration:フェルネモ
不治の病で
部屋から出たことがない僕は、
回復術師を極めて
自由に生きる
土偶の友
新しい人生は
回復魔法を勉強して、
自分の病気を治すんだ!
すくすく生きたい!
眼帯少女を救ったり、家族と仲良く遊んだり、
癒しの魔法を駆使して気ままに暮らそう!

この作品に対する皆様のご意見・ご感想をお待ちしております。

おハガキ・お手紙は以下の宛先にお送りください。

【宛先】

〒150-6008 東京都渋谷区恵比寿4-20-3 恵比寿ガーデンプレイスタワー 8F
（株）アルファポリス　書籍感想係

メールフォームでのご意見・ご感想は右のＱＲコードから、
あるいは以下のワードで検索をかけてください。

ご感想はこちらから

本書はWebサイト「アルファポリス」（https://www.alphapolis.co.jp/）に投稿されたものを、改題、改稿、加筆のうえ、書籍化したものです。

趣味を極めて自由に生きろ！2
～ただし、神々は愛し子に異世界改革をお望みです～

紫南（しなん）

2023年　1月　30日初版発行

編集－矢澤達也・芦田尚
編集長－太田鉄平
発行者－梶本雄介
発行所－株式会社アルファポリス
〒150-6008 東京都渋谷区恵比寿4-20-3 恵比寿ガーデンプレイスタワー8F
TEL 03-6277-1601（営業）　03-6277-1602（編集）
URL https://www.alphapolis.co.jp/
発売元－株式会社星雲社（共同出版社・流通責任出版社）
〒112-0005 東京都文京区水道1-3-30
TEL 03-3868-3275
装丁・本文イラスト－星らすく
装丁デザイン－AFTERGLOW
印刷－中央精版印刷株式会社

価格はカバーに表示されてあります。

落丁乱丁の場合はアルファポリスまでご連絡ください。

送料は小社負担でお取り替えします。


ISBN978-4-434-31504-6　C0093